불한당들의 모험
곽은영 시집

문학동네시인선 031 곽은영

불한당들의 모험

시인의 말

가을, 나직하게 옷 속으로 스며드는 햇살은 여전하구나
이곳에 온전히 돌아왔다는 사실에 눈물이 나
절름발이가 되었고
허리도 굽었지만

혀도 잘리지 않았고
발가락도 그대로이니
충분해
이십 번 절망해도 한 번 사랑할 수 있으니

프리패스,
이 제국의 프리패스를 쥐고 있었으나
돌아오지 못했지
바람 속 0.5그램 먼지 같은 이야기만 만든 채

때때로 구설을 자초했고 헛된 말들의 쓸쓸함에 부끄러웠
지만
아직도 정착이란 단어를 몰라서
사막의 아침에는 신발 속 전갈부터 털어내라는 말밖에 못
하지만
왜 그 바다에 와서 고래가 죽는지 아직도 모른다고 털어
놓지만

그래, 우리 모두 가지고 있는
늦겨울 들불에 충실했을 뿐
두터워진 손껍질과 느린 발걸음으로 여기 돌아왔지만
많은 걸 태운 뒤
응시를 알게 됐지

언덕 끝까지 이어지는 길
돌 하나
모든 곳에 함께 있었던 하늘

그래서 지금, 여기 모두들
있어줘서

그마워

2012년 11월
트렁크에 담아온 편지

차례

2부

처음으로 미움이 돋아난 때는 기억나지 않지만
처음으로 사랑이 번져간 시절은 생각난다

1부

불한당들의 모험 13-나의 달은 매일 운다

일 년 내내 비가 내리는 땅
귀를 씻고 이곳에 왔어요 구두를 벗고 맨발로 왔어요
낯선 언어들이 음악처럼 들리는 곳

당신들은 왜 나를 잡으려고 했을까요
이해하고 싶어라는 징그러운 거짓말의 덩굴
가위로 덩굴을 자르는 대신 쥐며느리처럼 몸을 말고 빠
져나왔죠

당신들의 입맛대로 내 이름은 노랗다가 파랗다가
한 번도 진짜 이름을 알려준 적이 없는데도
거울 속 나는 그때그때 달라서 말하기 곤란했을 뿐인데

우리들은 모두 번쩍번쩍한 태양을 머리통에 박고 살지요
죽은 엄마는 달의 감정을 내 가슴에 달아주고 떠났어요
여느 엄마처럼
나는 달의 눈물을 말하고 싶었으나
태양의 빛이 너무 강렬하기에

일 년 내내 비가 내리는 이곳 빗소리가 아름다워요
푸른 앵무새는 고맙게도 매일 축축한 흙냄새를 물어와요
나의 달은 매일 울어요

비밀은 없죠

이곳의 언어가 하나둘 글자로 굳어지자 오해도 큼지막하
게 쌓여

대문을 틀어막았네요 이제 나는 눈물이 되어 흘러나갈까요

가슴의 달은 둥둥 떠서 언제까지고 흐르겠죠

갈래머리를 땋았다가 올렸다가 거울에게 물어봐요

나의 몸은 납작하지만 등뒤는 깊고 깊은 세계

그리고 울고 있는 나의 달

울고 있는 나의 달

거울아 거울아 그만 기억하고 싶은데
너는 너무 정직해서 잔인하구나

그날 얼음폭풍이 덮쳤다

얼음마녀가 온다는 것을 다들 알고 있었고 무겁게 입을 다
문 채 폭풍을 받아들였지 달리 도리가 없었으니까 낡은 외
투밖에 없었던 나는 너무 추워서 차라리 살을 뜯어내고 싶
었어 날카로운 얼음조각들이 아팠지만 울지도 못했다 순식
간에 얼어붙은 눈물은 뺨을 찢었으니까 얼음조각 하나하나
에 나는 저주의 단어를 섰었다 죽을 때까지 망할 죽을 때까
지 이 얼음폭풍을 미워할 거라고 했지만 두렵고 실망스러
웠다 그래서 휘어진 나뭇가지처럼 죽지 않는 대신 굴복했다
얼음마녀에게 그날 얼음마녀가 왔을 때 나는 선선히 심장을
주었다 얼음탑에 예쁘고 안전하게 진열되길 바라면서 언젠
가 다시 되찾기를 바라면서

그날 얼음폭풍이 물러갔다

얼음마녀가 내민 거울을 보고 아무 말도 하고 싶지 않았
다 내 몸에 꽂혔던 얼음조각들이 물이 되어 줄줄 흘러내렸
지만 온순한 바람이 불고 꽃이 입을 열었지만 나는 여전히
등이 시린 겨울 속에서 산다 투명한 얼음심장은 빛을 쪼개
벽에 알록달록 창백한 얼음 꿈을 그렸다 나는 그 속에 애벌

레처럼 몸을 말고 잠이 들었다 그날의 추위는 내 외투가 되었고 그날의 증거로 이마에 주름을 새긴 채 올록볼록한 작은 심장은 얼음탑에서 무엇을 하고 있을까 촛불 같은 심장이 꾸는 꿈들은 자라지 못하고 꽁꽁 얼어 있을까 보면 돌이 된다는 여인의 얼굴을 그리는 것이 어렵지 않았다 무릎을 꿇은 내 안의 노예의 얼굴을 그리면 되었으니까 외롭게 죽은 자를 외면하는 것도 어렵지 않았다 동전처럼 차갑고 딱딱한 심장을 만지면 되었으니까 시간은 돌이킬 수 없는 것 얼음탑의 심장을 찾아와서 무엇하느냐는 당신들의 질문에 얼음외투의 겨울이 너무 춥다고 말했다

　이곳은 얼음마녀의 땅
　마녀는 늘 하던 대로 규칙적으로 찾아와 처음 본 사람에게 심장을 받아 갔고 머리를 받아 갔고 팔과 다리를 받아 갔다 사람들은 조금씩 투명해졌고 차가워졌다 완전히 투명해졌을 때는 관을 열고 들어갈 때가 다 된 것이었다 그때 마녀는 비로소 온몸을 돌려주었다 이곳의 사람들은 그래서 관 속에 들어가기 직전 시든 손가락으로 거울을 보며 희미하게 웃을 수 있었다 온순한 바람이 불고 꽃이 입을 열었지만 나는 명랑하고 따뜻한 꿈이 사라진 겨울을 걸어간다 거울아 거울아 기억하렴 수정보다 단단하게 맺힌 슬픔의 결정을 고함 대신 빨간 핏방울이 만든 빠른 속도의 까만 응시를

불한당들의 모험 15

빗물이 흘러가네
흘러가는 물에 발을 담그고 피걸레를 빨고 물을 긷고

흘러가는 물에는 우리들의 얼굴이 담겨 있어서
나는 당신의 이야기를 알고
당신도 나의 이야기를 알고

갓난이의 얼굴을 떠 마시고 갓난 내 얼굴을 흘려보내고
늙은이의 얼굴을 떠 마시고 늙은 내 얼굴을 흘려보내고

걸어가야 들려오는 이야기
쓰러지지 않기 위해 걸어가면
자박자박 발목을 적시며 저절로 써지는 이야기

얼굴들이 빗물을 타고 흘러가네
흘러가는 물에는 침묵과 슬픔이 더 많아서
차갑기는 하지만 물길은 조용하고

몇몇의 얼굴은 돌이 되어 가슴을 치지만
태어나기 전부터 흘러가는 이야기에 발을 담그고 피걸레
를 빨고 물을 긷고

빗물이 흘러가네

걸음마다 가만가만 적시는
빗물이 흘러가네

얼음탑을 탈출한 그가 오면서 뒤숭숭해졌다 새벽 어스름 속에서 성으로 가는 숫자는 적었다 나는 과연 성공할 수 있을지 두려웠다 탈옥수는 크게 나팔을 불었다 얼음마녀는 나오지 않았다 뜨거운 물을 성문에 뿌렸다 불붙은 장작을 던졌다 그래도 성과 얼음마녀는 꿈쩍도 하지 않았다 하늘이 점점 흐려지고 저것 봐 얼음폭풍이 몰려와 두려운 표정들 나도 얼음폭풍의 무서움을 안다 그런데 이제 나에게서 무엇을 더 가져간단 말인가 소용돌이를 그리며 구름이 다가왔다 차가운 바람에 머리카락이 얼고 손을 맞잡았지만 바람을 이기기 힘들었다 하나둘 그 자리에 주저앉아 몇몇은 벌써 얼음이 되기 시작했다 나의 떠남도 여기서 멈추겠구나 눈을 감았을 때 발소리가 느껴졌다 믿을 수 없게도 성을 네 바퀴는 감싸고도 남을 만큼 사람들이 왔다 머릿수건을 한 엄마가 아이를 안고 수염이 얼마 남지 않은 노인이 지팡이를 끌고 그들을 향해 고개를 돌린 순간 얼음조각에 뺨이 찢어졌다 누군가 고함을 질렀지만 곧 바람에 묻혔다 수많은 얼음덩이가 만들어지는 것은 시간문제 울타리 같은 나무들은 모두 얼음을 달고 가지를 아래로 늘어뜨리기 시작했다 이제 저 나무가 쓰러져 얼음이 된 우리를 덮칠 것인가 젠장 나는 어금니를 깨물었다 엄마 너무 추워요 아이의 말에 엄마는 진심으로 외쳤다 지금은 행복한 순간을 생각하렴 애야 사랑한다 사랑한다 그 말은 얼음폭풍보다 더 빠르게 스며들었다 나는 눈을 꼭 감고 당신을 떠올렸다 우리가 함께 걸었던 환

하고 새콤달콤한 길을 그렸다 심장이 쿵쾅쿵쾅 서로가 서로에게 꼬옥 기댄 채 우리들은 행복한 꿈을 떠올렸다 이렇게 바람을 이길 수 있다면 저것 봐 얼음탑이 녹고 있어 바람이 줄고 있어 날아오는 얼음조각 때문에 똑똑히 보이지 않았지만 얼음탑이 모서리부터 뭉개지는 듯했다 쭈그러들었던 용기가 뭉게뭉게 심장이 쿵쾅쿵쾅 행복한 꿈을 꾸자 행복한 꿈을 꾸자 출렁이는 웅성거림이 난류가 되어 우리를 쓸고 갔다 그날 그렇게 얼음탑이 녹았다 커다란 얼음나무가 성을 향해 쓰러지기 시작해 하늘로 하늘로 서 있던 삼각나무들이 쿵쿵 쓰러졌다 다시 돌아온 나의 심장은 태양처럼 올록볼록 뛰었다 떠돌이 나에게도 그날 작은 성공이 하나 새겨졌다

— 거울나라 그녀는 처음 보았을 때부터 쭈글쭈글했지만
그녀의 얼굴을 찬찬히 보다가 금세 알아차렸다
그래서 금방 친해졌다
그녀도 내 얼굴에서 자기 나이만큼 늙은 나를 보았을 것
이다

거울나라 햇빛이 눈부셔 반쯤 눈을 감은 채
시간이 참 뜨겁지
시간에 막 몸을 담가 빨개진 나와
시간에 익어 빨개진 그녀가

손가락과 손가락에 그림자 같은 순간들을 걸어두고 마주
앉아 시간을 뜨면
비눗방울처럼 그녀들이 무럭무럭 생겨났다

아름다운 그녀들은 검 대신 활을 들고 있었는데 눈코입
이 없었다
거울나라에 돌이 하나씩 날아들어오면
그제야 그녀들은 눈코입을 얻었지

그녀들은 돌 대신 라라라 활을 튕겨 거울나라 햇빛을 바
깥세상에 뿌려주었다
거울나라 그녀들의 노래를 듣고 있으면

—

대담해지고 강해졌다

그녀들이 일제히 활을 당겨 거울나라 태양을 떨어뜨린다면
튕겨나갔던 거울나라 햇빛이 그녀들의 눈과 입이었음을
보게 될 테지만

하늘과 땅이 만나는 곳에서 시작하는 거대한 아치를 따라
거울나라 그녀들은 무럭무럭 생겨났다
맺히지 못한 순간들을 걸어놓고 둘이 마주앉아 시간을
뜨면

애야 불을 꺼뜨리면 안 된단다 그녀는 내게 새하얀 앞치마를 입히고 부지깽이를 쥐어주었어 아궁이는 입구가 작았지만 벽을 가득 채웠고 손도 닿지 않는 부뚜막에는 까만 고양이가 졸고 있었지 까맣고 반질반질한 부지깽이가 손에 딱 맞아요 그녀는 웃으며 아궁이 속으로 기어들어갔어 애야 여긴 춥구나 불을 더 피워다오 나는 허둥지둥 그녀의 베개를 집어넣고 무릎담요를 집어넣고 얌전히 삭아가는 기저귀도 집어넣었지 부지깽이로 탁탁 불은 활활 타오르는데 그녀는 아궁이 더 깊이 들어갔어 애야 아직도 춥구나 여긴 재가 눈처럼 펄펄 날리는구나 좁디좁은 아궁이의 입구 들여다보았지만 그녀는 보이지 않았지 기다리세요 금방 재를 치울게요 부지깽이로 쓱쓱 금세 수북해진 재를 앞치마 가득 날라도 꿀럭꿀럭 재는 쉼 없이 나왔어 불은 활활 타오르는데

그녀는 그녀를 만나러 구불구불 아궁이 속 먼 길을 갔지
불꽃아 따라오렴 소복소복 재를 치우며 가는 먼 길
그러나 아궁이는 슬픔을 태우는 곳이어서 그 안은 추울 수밖에 없어요

그을린 벽을 따라 높게 쌓였던 땔감이 모두 아궁이 속으로 들어가고 더이상 땔 것이 없어졌을 때 나는 부지깽이를 들고 부엌을 나왔지 바지랑대 빨래를 걷어 아궁이에 넣어야 할까 그러나 불이 스스로 걸어나와 아궁이를 먹고 그녀의

눈물 밴 밥을 덥석덥석 먹기 시작했지 애야 여긴 춥구나 불을 더 피워다오 그녀의 목소리가 지붕 위를 넘어갈 때 불도 지붕을 아작 베어 물었지 사방에 재가 펄펄 날렸어 하늘에는 잿빛 구름이 소복하게 쌓여 있고 잿빛 세상에 안겨 무럭무럭 집들은 숨을 쉬었지 담벼락을 쓸자 그녀의 검은 눈물이 묻어났어 동네의 그녀들도 모두 나와 에고에고 맵고 검은 눈물을 쩍었지 밤이 진해지고 내 등이 오슬오슬 추워질 무렵 불은 아궁이 속으로 돌아가고 그녀의 목소리도 더이상 들리지 않았어 남은 것은 이빨 빠지고 문드러진 검은 잇몸 같은 아궁이 그녀의 아궁이

목을 쳐라
털을 뽑고
어둠의 묵직함을 받아들여라

태어날 때부터 알주머니에 알이 가득하듯
목숨만큼의 내 웃음을 가지고 태어났지

보렴 개미들이 몰려와 살아 있는 나를 뜯어먹는구나
인간 장작이 되길 바라는구나
기꺼이 장작이 되어주겠다

나의 웃음소리가 어디선가 많이 들었던 것이라 욕했던 이
들이여
깨끗한 웃음과 진실한 미소를 말하는 당신들이
은밀하게 소리 질러보고 감추었던 웃음소리다

내게 영혼이 없다고 말하던 이들이여
나는 반질반질 거위의 피를 뽑아 거위의 털로 거울을 닦
고 닦을 뿐
피 떡칠된 거울이 끔찍했는가
피 먹은 나무의 진득한 냄새가 역했는가
얼음 녹는 소리와 일몰 별의 신비로움을 기대했는가

훔쳐갈 것이 없어서 빈손으로 나의 부엌을 나가던
당신들의 무례에 대한 나의 답례라네

달이 녹아내리고 있어
목을 쳐라
털을 뽑고
어둠의 묵직함을 받아들여라

해는 식어가면서 남은 열을 짐승들에게 나누어주지
피냄새는 오후가 깊어갈수록 진해져
향수로 목욕을 하고 나온 당신들의 몸속 냄새야
근사한 사슴도 사람을 습격할 수 있어

거울은 떠난 당신들의 뒷모습이 비슷해서 흥미로워하네
모자장수의 티파티도 아니니 나는 언제나 당신들을 초대
한다네
거울은 왜 피를 사랑하는지 당신들의 거울말이 듣고 싶어

바보 같으면서 잔인한 나의 웃음소리라네
진짜 바보일지도 모르지 그러나 개의치 않고
반질반질 거위의 피를 뽑아 거위의 털로 거울을 닦고 닦
을 뿐

불한당들의 모험 20

1-
쳐다만 보아도 무서웠던 동굴
오싹한 냉기가 솔솔 입구에는 빨간 딸기가 주렁주렁
어제 오늘 매일매일 미루었다
아마도 까맣고 반짝이는 박쥐들이 살고 있겠지 아마도 아
마도
매일매일 미루다가 미루는 것도 심심해졌을 때

어디 계세요 보이지 않아요

싹둑싹둑 가위질 소리는 들리고
가위질 소리를 따라 더듬어간 동굴은
축축하고 말랑말랑
등불은 필요하지 않아

2-
동굴 안쪽 어딘가에 최초의 기억의 실을 뽑는 그녀가 있
을 거라는
막연한 끌림을 따라왔지만
오래전 들었던 자장가를 다시 듣고픈 유혹을 따라왔지만
그런 분은 없었다

딸기들은 빨갛고 향긋하며 까실까실했다

3-
네발로 바닥을 기어
동굴을 나온 나는
두 발로 집 앞에 섰다

앞치마를 두르고
하얀 모자를 쓰고
다시 네발로
쓸고 닦고 쓸고 닦으며

해가 신나게 달려가고 달의 휘파람 소리가 들려올 때까지
쓸고 닦고 쓸고 닦으며
피에 하루를 실어 날랐다

이겨진 진흙이 쌓이듯 하루가 서서히 녹으면
중얼중얼 딸기 같은 단어들을 비비면서
몸속 지도를 한 줄 그리는
포유동물의 잠이 든다

나는 네발로 기어나왔지
내 살덩어리의 움직임이 유리병에

가벼운 것들은 가볍게
무거운 것들은 무겁게

선반에 가지런한 단지 속 잼처럼
숨어서 소곤소곤
나른하게 익어갔다

4-
눈을 뜨면 돌돌 말린 기억들이 돋아나 있다

5-
차가운 빗물이 뚝뚝
뱀프들이 씨익 웃으며 어깨를 치고 가는 거리의 싸늘한
공기
그들은 가장 풍요로운 꿈이 담긴 알약을 먹으며
달콤한 꿈을 누렸지
잠을 자는 대신
알약을 먹으며

세상이 화려하기에
잠자는 시간이 아까워 약을 찾았지만
템페스트,
진실은 악몽이 두려워서였다

알약은 누가 만드는가
알약은 누가 만드는가

가난한 이들은 자신의 꿈을 팔았다
꿈을 뽑아내 캡슐에 담을 때
핏방울이 이마에 맺혔다

가장 높고 화려한 건물에서
어디로든 10분만 걸으면 축축한 거리야
이제 노골적으로 꿈 대신 피를 원하는 손길만 남았다

잘 자라 잘 자라 검둥개가 물어가기 전에 잘 자라
오르락내리락 자장가가 퍼지는 거리

불한당들의 모험 21-세상은 텅 빈 조가비*

　세상은 텅 빈 조가비라는 한 문장을 들었다

　아귀가 맞지 않는 돌문은 그리워서 열어둔 채 지붕 아래 양철 양동이 가득 조약돌 티켓을 모아두고 바람 이정표를 펼쳐보았다 비의 전령이 피리 부는 사내처럼 흙의 아이들을 몰고 돌아다녔다 나무들의 서늘한 입김을 옷깃에 박아넣었다 박쥐 무리가 어스름 사냥을 나서면 하늘에는 한 무더기 농담이 풀렸다가 사라졌다 사람들의 테두리는 날카롭게 보였으나 들여다보면 자글자글 바람에 단단해진 눈물자국이 눌어붙어 있었다 베어 문 사과는 이미 까만 벌레의 집이었고 곤한 잠을 깨우기 싫어 문이 부서진 사과를 내려두고

　조갯살은 고둥 혹은 황새의 밥

　굴껍질처럼 붙어사는 마을의 바람은 비릿한 냄새를 풍겼다 표정을 감춘 여자들이 사는 마을이 좋았으나 야윈 시간의 얼굴이 스치고 스치고 오페라 티켓을 얻었으나 무대 뒤의 검고 높은 어둠이 좋았다 그곳에서는 어떤 음악이라도 검고 깊은 등뼈에 빛나는 별자리로 새겨졌다 하늘을 세 개 건너는 곳에서 짐을 풀고 밥을 먹이는 여자가 생각났다 집집마다 부엌에 조용한 그늘이 쉬고 있어서 고양이 발걸음으로 지나다녔다 낮잠 자는 아이의 입에서 느껴지는 쉰 숨결은 그날을 침묵하게 했으나 낮도깨비들의 사냥 이야기를 아이들에게 들려주고 꿀을 구웠다 소리를 지르지 않아도 가슴

을 칠 일이 많았던 여자들은 몸속 빈 곳에 피로 사연을 적고 봉인했다 우둘투둘한 자국이 피냄새를 타고 전해졌다 비릿하고 달콤한 하모니는 비슷한 먼 곳의 지도를 내밀었다 돌멩이 하나를 트렁크에 담았다 등뒤가 비어 있어서 떠나고 떠나는 바람을 따라 천천히 뿌리로 돌아눕는 꿈을 꾸며

비극과 슬픔은 시간의 밥

답신이 없는 제스처는 거칠고 딱딱한 여운을 남기고 사라졌다 이해의 끝은 아무것도 없는 하늘이었다 숨결을 따라 부풀었다 꺼지기를 반복하는 바다가 먼 곳에 있다는 것을 알고 있었고 한 조각의 기억은 만들어졌다가 희미해졌다 천천히 돌이 되어가고 있었다 돌아보면 빈 모서리

* 크리스토프 바타이유, 『다다를 수 없는 나라』에서

불한당들의 모험 22-모래사나이

　낯선 사내가 마을에 왔다 그가 어디서 왔는지 아무도 알
지 못했다 매일 그는 휘파람을 불며 광장을 한 바퀴 걸어다
녔다 만나는 이에게 모자를 벗어 인사를 했고 모자 속에서
모래가 조금씩 떨어졌다 그의 외투 호주머니에서는 한 줌씩
모래가 흘러내렸다 사람들은 그를 모래사나이라고 불렀다

　모래사나이는 친절했고 마을 사람들은 그를 다정하게 받
아들였다 그의 걸음마다 원뿔 모양의 작은 모래덩어리가 놓
였다 아이들은 그것을 주워 새알 대신 맞바꾸기도 했다 그
가 가는 곳마다 모래는 쌓였고 모래는 너무 흔한 것이 되어
버렸다 갓난아이의 눈에 모래티끌이 들어가고 교회에도 모
래가 쌓였다 그의 인사를 받아주는 사람이 줄었다 고양이들
은 모래무지에 오줌을 갈겼다 젠장 모래 때문이야라는 새로
운 말이 생겼다 모래사나이는 어느 새벽 마을을 떠났다 바
람은 그의 발자국을 빗자루로 쓸듯 깨끗이 지웠다 처음 왔
을 때 아무도 알지 못했듯 그가 떠난 것을 본 사람은 없었다
식은 문고리 같은 달이 그의 뒷모습을 쳐다보았을 뿐이었다

　마을에 모래는 더이상 생기지 않았지만 검은 굴뚝 속에는
털어내지 못한 모래가 쌓여 있었다 광장의 사람들은 모래사
나이가 견딜 만한 존재였다고 불쑥 중얼거렸다가 양탄자를
턴 개운한 표정으로 유모차를 밀거나 다정하게 팔짱을 끼고
걸었다 아주 먼 곳에 사막이 생겼다는 소문이 지붕 위 구름

의 그림자처럼 앉았다 가기도 했다 광장의 아이들은 술래잡기를 하는 동안 몇 뼘씩 자랐고 아무도 모래사나이를 말하지 않았지만 다 자라 집을 떠날 때는 자신의 그림자에 모래 몇 알이 박혀 있는 것을 보게 되었다

모래사나이—음절을 굴리면 신발 속 모래 몇 알처럼 꾹꾹 누르는 이름이었다

정착한 사람들의 집은 매우 견고해서
도무지 끼어들 틈이 없었다
당신도 그랬다

머리가 하얗게 변하도록 튼튼한 집을 지었지만
그래서 몹시 친절하고 나에게 몸을 누일 침대를 내어줄
만큼 관대했지만

당신의 말은 잘 만들어진 틀니처럼 딱딱 들어맞았다
정해진 시간에 정해진 일들이 일어났다
그래서 바빴다

나도 물끄러미 바라보고만 있을 수 없어서
당신의 일을 거들었다 적어도 침대 값은 내야 했으니까
하루 이틀은 신기했지만
당신의 관대함과 친절에도 불구하고
매일 밤 나는 짜증 괴물과 우격다짐을 했다

매일 밤 당신은 포근한 깃털 이불 속에서
수만 개 깃털을 달고 당신의 꿈으로 날아갔다
그러나 무엇에 분노했는지 으드득 이를 갈면서

정착한 사람들의 집은 매우 견고했지만

집을 받치는 것은 기둥이 아니라 자신들의 어깨였다

머리가 하얗게 변한 당신은 파이프를 입에 물고 점잖게
말했다
이제 너도 어딘가에 머물러야만 한다
모였다가 흩어지는 새떼가 되기엔 넌 너무 무거워졌어
당신은 내가 어느새 트렁크를 쳐다보고 있음을 훤히 알
았지

나도 내가 무거워졌다는 것을 안다
동트기 전 일어나 달그락거리며 하루를 시작하는 설렘과
뜻밖의 일이 생기면 제일 먼저 강아지 통신이 온 동네를
휘젓는 살가움도 안다
하지만 나는 정중하게 곧 떠나겠다고 답했다

정착한 사람들의 집을 받치는 것은 기둥이 아니라 자신
들의 어깨였다
내 어깨가 받치고 있는 것은 지붕이 아니라 바람

나는 당신의 깃털 이불을 맑은 하늘 아래 잘 널어주었다
빨간 홍학 집게를 물리고 두드려주자 매일 밤 그를 태우
고 가던 깃털들이
바스락거리며 바람을 타고 부풀어올랐다

나도 트렁크를 들었다

　　오늘밤에는 썩썩한 바람이 가져온 소식을 악몽 대신 만
나길 바라
　　오늘밤에는 지붕 아래 펼쳤던 웃음들을 만나길 바라
　　오늘밤에는 가슴속 야생동물 보호구역이 열리길 바라
　　당신의 친절에 대한 마지막 인사였다

불한당들의 모험 24

1-
사냥꾼들이 돌아오지 못하면서 시작되었다
타박타박 눈 내리는 소리에 잠길을 더듬어 갔고 주전자의
물 튀는 소리에 아침으로 돌아오는 곳이었지
검은 고래를 잡으러 간 사냥꾼들
그리고 얼음길이 녹았다
그들이 검은 고래를 잡았는지 고래의 붉은 피가 흰 설원
을 흠뻑 적셨는지 썰매개들이 콧김을 내뿜으며 피얼음보숭
이를 핥았는지 전해지지도 않은 채

사냥꾼들은 고래를 따라갔단다
고래가 바닷속 얼음왕국으로 사냥꾼을 데려갔단다
사냥꾼들은 장화에 고래살점을 담아 소식을 전할 거야

불안한 엄마들의 자장가에 대답한 것은 비
마을도 녹아내리고 있었다 죽음의 계절이 시작되었다

할머니 모두 떠나고 있어요 들리세요 짐을 싣고 떠나는
썰매 소리가
할머니 제게 수만 개 눈송이들의 이름을 알려주셨죠 그런
데 지금 내리는 비의 이름은 뭔가요

2-
아주아주 많은 비가 내리고 난 뒤 집을 태운 얼음덩이는 예정된 것처럼 얼음땅에서 떨어져나왔지
발밑의 바다는 검고 헤아릴 수 없구나
그녀는 더 깊은 침묵 속에서 보냈지 눈도 보이지 않아 파도 소리만 들으시는 걸까 땅이 녹아가는 소리를 들으시는 걸까

흰옷을 입은 그녀가 하얀 얼음 바닷가로 거위들을 몰고 걸어가시네
나는 막 걸음마를 시작했는데
태양은 왜 이렇게 눈부신 걸까
눈 한 번 깜빡하면 저만큼
거위를 몰고 가시네
파란 하늘 너무 파란 하늘
같이 가요 숨이 차요 같이 가요

슬픔에 숨이 막혀 눈을 뜨면 어두운 얼음집
발치에는 커다랗고 희미한 거울

3-
수만 개의 눈송이 노래를 알았던 그녀는 사냥꾼들이 떠나기 훨씬 전부터 혼자만 아는 노래를 불렀다

점잖게 대화를 접은 시선들을 신경쓰지 않고
어디쯤의 방문 날짜를 놓고 주사위를 굴리는 죽음을 마중
나갈 노래를 불렀다
돌이켜보니

신선한 눈이 와요 씩씩한 북풍이 돌아왔어요
의자를 가져다드릴까요 담요를 덮어드릴게요

그러나 그녀는 보라색으로 굳어가는 중이었고
흐려진 거울은 결코 버려지지 않았지만
주인을 잃은 방은 품위를 잃었다
낯섦과 예감
돌이켜보니

4-
밤새 내린 눈은 얼음땅과 집을 살짝 두텁게 만들어주었다

이제 나도 썰매를 끌 수 있어요
거울 썰매에 태워드릴게요
그토록 그리워했던 차가운 바람이 불어요
얼음땅 마지막 자리까지 썰매를 태워드릴게요
바다는 가라앉은 검은빛이고
우리의 땅은 하얗고 하얀빛이에요

거울 썰매에 할머니를 태워드릴게요
　할머니가 할머니에게서 선물 받은 거울 썰매에 태워드릴
게요

　바다를 머리맡에 둔 그녀가 눈처럼 흰 얼굴이었기 때문에
나는 눈물이 났다
　그리고 그녀를 눕힌 거울을 바다로 보내주었다

5-
나는 여전히 바다를 떠다녀요
여전히 얼음 바닷가에서 그녀를 만나요
눈이 녹아 흘러가는 하얀 얼음 벌판의 끝에서
검은 파도가 움직이지 않는 곳에서
그녀가 거위떼를 몰고 기다리고 있어요
나는 이제 달려가지 않아요

나는 이제 달려가지 않아요
태양은 여전히 눈부시고
하늘은 전보다 더 파란빛이지만
나를 기다리는 그녀를 업고
나를 업고 부르던 그녀의 노래를 부르며
거위들이 뒤뚱거리며 앞장서는 얼음길을 따라 걸어요
태양은 여전히 눈부시고

하늘은 전보다 더 파란빛이지만
그녀가 손으로 그늘을 만들어줘요
그래서 살짝 눈을 감아요

하지만 눈을 뜨고 보면 언제나 눈물이 나 있었다 얼음나
라를 두텁게 만드는 것은 오래전부터 흘린 여인들의 눈물
아득한 깊이의 바다에서는 그래서 짠 냄새가 난다

2부

불한당들의 모험 25-Wish you are here

함께 있으면 두려울 것이 없었지
황금도 부럽지 않을 만큼 눈부신 웃음을 만들 수 있었으
니까
카우보이 비밥을 흥얼거리며
흘러내리는 꿀 같은 오후의 샴페인 골드 햇살을 담았지

이제 나는 뚜벅뚜벅 걷는다

굴러떨어지는 순간에도 손을 꼭 잡고 있어서 미소를 지
었어
시큼한 돌에 찍히고 부러진 다리를 절뚝이며
울지 마 잘될 거야 몇 알의 박하를 너의 입에 넣어주며
나머지 박하는 내가 긁어올 것이라 말했지만

wish you are here

이제 나는 뚜벅뚜벅 걷는다
함께 걸었던 거리와 네가 있어야 할 자리를 검게 칠하다가
까맣게 타버린 개암을 대신 걸었다

풍경이 썰물처럼 너에게로 달려가고 있었지
고개를 돌렸지만 타버린 개암의 냄새는 반쪽 심장을 터
지게 했어

나는 얼굴에서 웃음을 거두었다
아름다운 옷 대신 노파의 허물을 뒤집어썼다

투명하고 찝찔한 피가 줄줄 흘렀다
흐르도록 내버려두었다

울지 마 잘될 거야 몇 알의 박하를 너의 입에 넣어주며
나머지 박하는 내가 긁어올 것이라 말했지만
울지 마 잘될 거야 막힘없는 하늘이 가만히 등을 토닥여
주지만
나는 안다

나는 뚜벅뚜벅 걷는다
하지만 까만 개암길로는 도저히 갈 수가 없다
네가 검게 변한 얼굴과 손만 남았다 할지라도
wish you are here

— 혹독한 계절이었다
이방인들에게는 날품거리조차 주지 않을 만큼

밝음은 등에 짊어진 시름의 라인을 더욱 또렷하게 했다
차마 쳐다보기가 미안할 정도로
두 손을 담은 주머니마다 시든 말이 잔뜩
내 트렁크에는 약간의 빵도 남아 있지 않았지

여자가 늙으니 물만두 같거나 쭈그렁 밤톨 같은 얼굴이
남는구나
늘 있던 일처럼 태연한 얼굴을 하고 있지만
당신도 나처럼 어딘가에서 온 이방인

형상을 얻기 위해서는 그만한 대가를 치러야 했다
얻어온 오늘의 시간만큼 몸에 주름을 새겨야 했다

진저리쳐지는 2월의 모든 날

사내들의 코 고는 소리는
전선을 따라 들려왔다
고단한 그들의 피가
똑똑 떨어지는 소리였다

—

절망의 뒤범벅 반찬을 씹으면 가슴에 주먹만한 구멍이 뚫
리는데
그래도 드시겠습니까 충고는 충고
다들 잘도 먹었다
그리고 큼지막한 구멍을 만들었다
들여다보면 도망치고 싶은 풍경이 누추하게 누워 있었지

잔설이 응어리져 남은 계절
사방에 퍼져 있는 묵직한 냉기를 이기기엔 쌀알이 부족
했다
그것은 은근하고 잔인했다

할 수 있는 것은 봄을 기다리는 것
나는 트렁크가 비어서 떠날 수도 없었지
주욱 날아오르는 도롱이집 한 채만큼의 낭만도 사라진 땅
바람에서는 딱딱한 얼음맛이 났다

다들 후줄근한 자루 같았고
달그락거리는 숟가락 소리가 아름답게 들렸음을 인정했다

우습게도 이따금
풍경은 매운 고추 냄새를 풍기며 다가왔다
당황한 마음과 달리 손은 악수를 청하고 있었지

—   도망치고 싶던 풍경이 내 삶으로 한 발자국씩 들어온 순
간이었다

　　잔설이란 고작 길의 구석으로 몰려난 존재였을 뿐
　　흐리고 흐리고 흐렸다

내가 명랑할 수 있는 것은 머리끝까지 절망이 뿌려졌기 때문이야 황소의 붉은 털빛 땅에 홀로 서서 단 하나의 연장도 없이 우연히 주운 지팡이로 땅을 판다 땅을 파면 과자가 나오겠는가 싶지만 물을 찾을 수는 있었다 파낸 만큼 매운 흙을 마셔야 했다 바람이 밉지도 않았다 여전히 별을 보면 가슴이 뛰지만 흙이 입에 들어오면 욕부터 나온다 내가 명랑할 수 있는 것은 욕을 할 줄 알기 때문이야 놀랍게도 이 마른 땅 곳곳에 말뚝처럼 모두들 혼자서 땅을 판다 누군가 물을 찾으면 목을 축일 수 있지만 혼자서 땅을 판다 충분히 괴로웠기 때문에 괴로운 이야기가 싫었다 붉은 먼지를 너무 많이 마시면 귀를 씻고 싶게 만드는 말들이 웅웅거렸다 달리던 순간의 감미로운 사탕을 입안에 넣고 굴렸다 분화구엔 무엇이 살고 있을까 땅을 파다 쓰러지면 구덩이는 그대로 나의 무덤 비는 남쪽으로 많이 와 비는 남쪽으로 많이 와 슬픔이 퍼져도 절망이 감싸도 얼굴에 쓰는 것이 무의미해지자 딱딱한 못이 얼굴에 박혔다 팔을 베고 누워 차가운 밤하늘을 바라보면 누군가가 파낸 붉은 흙이 펄펄 날린다 자고 일어나면 얇고 빨간 흙이불을 덮고 있겠지 지금은 고래의 귀와 플랑크톤의 붉은 시체만 다가가 가만가만 지구의 심장 소리를 듣는 심해를 생각해 아직은 죽지 마 아직은 죽지 마

오늘밤 히치하이커는 어디로 갈까

무한질주하는 트랙에 내몰린 어제와 오늘 그리고 내일이
지겨워서 트랙을 뛰쳐나와 갓길에 앉았다

먼저 도착하면 좋은 빵을 집던 시절은 훨씬 빠른 속도로
지나가버렸는데 유모차까지 싣고 달렸다

경주마처럼 달리는 모습이 내게는 아름답지 않았다

지구는 낭만적이게도 우주의 동쪽 끝으로 달려가고 있다
고 한다

희게 칠한 기둥에 의자를 끌어다놓고 해가 눈부시면 조금
씩 의자를 옮겼다

그림자는 길어졌다가 짧아졌다가 기둥을 한 바퀴 돌면 하
루가 지났으니 해시계가 따로 없었다

나의 트렁크 위에 놓인 모자는 그 자리에서 무심히 일광
욕을 했다

그래서 나는 패배자였고 한심한 족속이었다 별로 슬프지

않았다

 깜깜한 밤이 가끔 심심하지만 사람 대신 늑대들이 달리
는 땅을 생각해

 오늘밤 히치하이커는 무슨 차를 얻어 탈 수 있을까

불한당들의 모험 29-해변의 침묵

심해어들의 시체가 해변을 채웠다
나는 2km를 달렸고
두려웠다

달렸다
러닝슈즈가 무거웠다
하늘과 바다는 무심했다

부패의 냄새
이곳의 냄새
무거웠다

인간이 돌고래가 되려면
넘어가야 하는 푸른 경계가 있다
저 물고기들은 그곳을 넘어왔다

사이렌이 울리지 않았다
불안처럼 구름장이 덮쳤다

원을 그리며 뱅글뱅글 도는 시곗바늘
숨이 차고 답답했다
나는 다만
달렸다

갈매기떼처럼 기자들이 올 것이고
곧 해변의 무거움을 잊을 것이다
러닝슈즈를 벗었다

달리기는 가벼워지는 일이지만
이 달리기는 달릴수록 무거워졌다

해변의 풍경을 매고 되돌아가야 하는 2km
어깨를 누르는 죽음의 질량 때문에
터벅터벅 걸었다

하늘은 흐렸고 바다는 철썩였다

불한당들의 모험 30-오늘 하루 죽은 자들의 나라가

열렸다
우리들의 나라가
일 년을 기다려온 우리들의 나라가

풍선을 타고 왔다 빗자루를 타고 왔다 고래를 타고 왔다
버스를 타고 왔다 비행기를 타고 왔다 걸어왔다

　　　달이 아주 작고 하얗게 떴다

반가워요 어서 와요
당신의 미소는 여전하네요 하나도 변하지 않았네요
아직 죽지 않은 자들이 행복한 포옹을 나누고
죽은 자들이 돌아와 광장을 두근두근 울리는 시간

아침부터 알록달록한 모자를 쓰고 예쁜 꽃을 들고 노란
등을 달고
주먹밥을 나르고 솜사탕을 나르고
이야기 방망이를 선물하고 해골빵을 선물하고
쭈글쭈글 세포들이 모두 자리에서 일어나 환호성을 울리
며 만세를 부르고
아침부터 죽지 않은 자와 죽은 자들이 한자리에 모여
줄다리기를 하고 자전거를 타고 낮잠을 자고
열려진 시간이 똑딱똑딱 굴러가고

살며시 서로를 쓰다듬는
말이 없어도 아름다운 현재
나란히 팔을 베고 누운 우리들은 하늘을 보다가
서로의 콧잔등을 물끄러미 보았지

이렇게 다정한데 우린 너무 멀리 떨어져 지내는군요
한 움큼 돌을 삼킨 것 같은 그날이 아직도 생생한걸요
진흙과 침으로 단단한 알집을 만들듯
오늘은 나쁜 기억도 함께 무늬가 된다
오늘은 사소한 윙크도 암송할 구절이 된다
우리 모두 시간이 되는 순간 태양도 금빛 콧수염을 만지
며 눈감아주었지
모든 것은 돌고 도는 법이니까

　　　달이 아주 노랗고 동그랗게 떴다

우리는 모두 스스로를 추방한 자들이에요
또 눈물이 나요
발가락 풍선도 시무룩해졌어요
점박이 불꽃들도 깜빡이며 아쉬워해요
오늘은 울보들의 날인가봐요
가지 마요

아직은 가지 마요
지금 가버리면 아쉽잖아요
밑바닥을 흐르는 슬픔이 오늘을 열었잖아요
이름만 불러도 눈물을 흐르게 했잖아요

하나둘 바람이 불고 시큰한 노란 등이 떠오르네
슬프고 행복한 합창을 들으며
하늘로 떠오르는 노란 등에 앉아 죽은 자들이 손을 흔들
며 가네
밤은 다시 스탠드를 치우는 청소부의 표정으로 펼쳐지고
전설의 떼창에 몸을 던진 그루피들처럼
아침의 상자로 걸어가는 이들은 자꾸만 자꾸만 뒤를 돌
아보네

　　죽은 자들의 나라가 열린 날
　　달은 아주 작고 예쁘게 뜬다

불한당들의 모험 31-봄밤은 달콤해

달콤해
달콤해
말랑말랑한 공기가 동그란 꿈의 과자를
한 알씩 입안에 넣어주었잖니
한 알씩 입에 넣으면
마시멜로처럼 녹으면서
꿈의 색깔을 번지게 하지

그렇게 혀 밑에 넣고 굴리면서 지치지도 않고
거리를 걷고 걷고 걸었잖니
밤의 눈가에 하얀 눈곱이 앉을 때쯤
미안해진 내가 먼저 작별할 만큼
달콤해
달콤해

별자리가 바뀌고 새들도 돌아오고
잎사귀도 다시 피었는데
오늘 나는 아직도 겨울을 걷는 중이야
딱딱한 아스팔트와 무감동한 공기를 밟는 중이야
골목을 다 뒤져도
라일락 그늘 아래서 코를 잡고 킁킁거려도
내가 알던 봄밤은 오지 않았어

바람이 불고
꽃이 지고
조무래기들이 활짝 웃으며 사탕을 한 아름 건네도
어딘지 허전해

물리지도 않게
딱 한 알씩만
입안에 쏙
넣어주던
친절하고 상냥한
봄밤은 어디 갔을까

불한당들의 모험 32

덜커덩 궤도열차가 레일에서 끌려내려왔다
곧바로 해체되기 시작했다
매미 소리가 점점 커졌다

구름 한 점 없이 쨍쨍한 날
뼈마디처럼 절대로 풀릴 일 없던 나사가 빠지기 시작했다
조각이 나는 궤도열차는 아픈 비명도 지르지 않았다
당신은 눈썹을 찌푸렸다
나는 아이스크림이 다 녹도록 아무 말도 못했다

궤도열차는 씩씩했지만 레일을 내려온 순간 푹 꺼졌다
의자가 떼어져 바닥에 쌓였다
절단기가 닿자 칠 벗겨진 몸통이 꽈당꽈당

매미 소리가 컸다
한기가 등을 타고 흘렀다

여름이 꼭짓점에 도달하는 순간 출발하는 가을처럼
우리는 옮겨다녔다
새 옷 같은 청춘의 서걱거림을 입고
풀썩한 먼지를 마시고도 모자로 햇볕을 가리며 하하하 주
근깨를 이야기하던 봄
빨리 가 얼굴에 고드름 돋겠어 닫히지 않는 문짝을 손으

로 잡고 달렸던 고물 자동차의 겨울

　태양에 타서 끝자락이 투명해진 풀들은 태양이 지는 곳까
지 뻗어 있었다
　당신은 그만 가자 내 손을 잡고 일어섰다 나는 타월을 들
었다
　하지만 이제 나는 매미 소리를 들으면
　기름때에 절어 나사가 까매질 때까지 달렸던
　궤도열차를 떠올릴 것이다

불한당들의 모험 33-얼굴의 역사

나의 가방에는
웃는 얼굴이 가득
나는 항상 얼굴을 쓰고 있다
나는 얼굴이 아주 많아서
당신들이 쓰고 있는 얼굴을 볼 때마다 어느 밤 어느 낮
에 만들었는지 눈물실로 찢어진 근육들을 어떻게 이어붙
였는지
빤히 쳐다볼 때가 많다

얼굴의 역사는 단순하다
우리가 선택한 표정의 취향을 존중하고
그리고 역시 수치스러운 이야기가 얼굴을 만들었다는 것
을 이해하면서
나의 얼굴은 웃고 있다

이따금
그러니까 계절의 별자리를 따라 룰렛을 돌리는 당신일
때 내가 몰래 손바닥에 써오던 글자를 먼저 읽어내는 당신
일 때
나도 얼굴을 내려놓는다

얼굴을 하나 내려놓는다
부끄럽게도

얼굴을 벗은 내 얼굴도 웃고 있었기 때문에
당신이 만든 머쓱한 침묵의 얼굴이 등장하리란 것을 알
지만
얼굴을 내려놓는다

얼굴의 역사는 단순하다
밤을 알게 되는 아이가 저 혼자 맨 처음 배우는 것은
얼굴을 만드는 법
최후의 얼굴이 무엇이 될지 절대로 알지 못한 채 아무에
게도 보여주지 않는 얼굴 하나를 시작으로
수백만 개의 얼굴들이 저마다의 시간에 차곡차곡 걸려
있고
저마다의 기술로 순식간에 등장했다가 사라져왔다

얼굴의 역사는 단순하다
질기고 튼튼한 시간의 틀에 기대 우리들 관계의 무늬를
새겨넣는 것이다
애매한 웃음과 그만큼의 거리에 감돌던 불편한 공기 모자
로 절망을 가린 채 어둠 속으로 스며들던 그림자의 비겁함
우리 대신 침묵이 질렀던 비명을 새기는 것이다

불한당들의 모험 34-오래된 낭만

오래된 낭만이 우리를 이곳에 서게 했다
당신과 손을 꼭 잡고서
멀건 봄 햇살 속에서 슬픔이 흘러내렸다
그것은 끝없이 퍼져나갔고 묵직한 대신 감미로웠다

우리는 몽상가들의 거리를 만들고 싶었다
멍청한 시계에 굴복하지 않았고 떠들썩한 혁명을 꿈꾸지
도 않았다
작고 작은 몽상가들의 거리를 만들고 싶었을 뿐이었다

잉여를 위해 존재하지 않았기에
아주 작은 침묵의 집을 세웠다
우리들의 집은 푸른 깃발을 하나 꽂으면 충분했다

깃발은 아름다웠고
방문객들은 낡은 의자에 앉아 이야기를 털어놓고 갔다
그들의 이야기는 밤 열차 안을 흐르는 관용처럼
흔적도 없이 스며들었다

올 때는 하나였지만 돌아가는 길에는
장하게도 아홉 개
포근한 바람이 자장가처럼 운을 맞추었다

물속에 들어온 햇빛의 영롱함을 바라보듯
몽상가가 된 그들의 얼굴에서는 잠시 빛이 났다

나직하게 중얼거렸다
돌고래들의 울음소리가 들려올 때는 그대로 몸을 맡길 것
더 많은 무리가 당신을 배웅 나오는 것이므로

몽상가들의 거리, 그곳에서 시선이 닿는 곳까지의 세상은
우리들의 집이었다

불한당들의 모험 35-아름다운 턱시도 고양이들은 짧은 여름밤을 우아하게 말아올린다

우리는
그냥 그렇게 서서
오래도록 쳐다보았다

나는 너의 말을 모르고
너도 나의 말을 모르는데
너는 꼬리를 내리고
나는 물끄러미

우리 둘 사이에는
흐르는 밤이 하나
침묵이 둘

불한당들의 모험 36-폭풍들의 전야

이마를 꽝 짚고 높은 곳에서부터 달린다
반갑다 너구리야
가벼운 납구두를 신고 달리고 달린다
무엇을 위해 세상에 왔는지 설명할 필요는 없고
아름다운 거리의 눈빛들이 긴장하는 시간
짧아진 밤이 아쉬우므로 잠들지 않고 달린다

　　　　때가 되었나보다

슬픔이 깊어서 찌그러든 폐는 눈물을 아래로 아래로

　　　　169노트로 습한 공기가 지상의 바닥에 모였다

마른 모래처럼 단단한 생각들은 위로 위로

　　　　169노트로 건조한 공기가 천공의 이마에 모였다

그래서 폭풍이 되었다
　목구멍이 타는 뜨거움을 불길하게 여긴 이들이 건네준 약
병과 이정표는 이제 그만
　양떼 별들은 말없이 하늘을 건너가고 핏빛으로 물드는 세
상의 입구에서
　떠나는 이를 지켜보는 고통도 이제 그만

무풍의 정적을 밟고
시계처럼 착하게 매일을 잡았던 손을 놓자 멈추지 않는
폭풍이 되었다

　　삶은 그 순간 어떤 갈림길을 지났다

달릴 때 그것은 검은 사랑이라고 했다
달릴 때 눈먼 고양이들이 함께 울음을 모았다
비극을 두려워하지 않고 달려가는 마음이 유일한 선물
스무 마리 집고양이 중에서 한 마리가 늘 밤길을 달린다
면 본래 그렇게 태어난 존재인걸
스스로를 알 수 없는 자들이 폭풍의 피를 안고 태어난다
세상을 건너 토닥일 줄 아는 시절을 건너온 그들이 돌에
새긴 마음은 원숙한 청춘

한 번뿐일지라도
한 번뿐일지라도

　　때가 되었나보다

3부

—

*

눈이 내렸다

시계를 슬쩍 감춘 앞치마, 소포를 보내고도 모르는 척, 두 개의 컵

　나는

　이렇게 시작된 편지가 왔다

　나는

　두번째 편지도 이렇게 시작되었다

　벌판에는 눈이 새침하게 내리는데 3월 토끼들이 달리는

이상한 계절의 소인이 찍힌 채

스페이드의 여왕, 골칫덩이 냉장고, 치우자니 지렛대가 없지 뭐예요

　당신에게 요리를 해주고 싶었다 그런데 창백한 나의 냉

장고는 구두들로 가득 채워져 있고 나는 불을 가지고 있

지 않다 고백하건데 당신의 긴 혀에 어울리는 요리를 해

주고 싶었다 오래전 팬 위 파프리카 구워지는 신선한 소리

를 벽 속에 넣었지 당신은 하필 이상한 계절에 왔을까 왼

손에서 오른손으로 차르륵 넘어가는 카드의 아치 위 베이

컨과 양파와 마늘과 물이 끓는 냄비들 예뻤던 부엌 눈과

비가 범벅이어서 적당한 단어를 찾기 곤란한 감정 오른손

에서 왼손으로 차르륵 넘어가는 카드의 아치 밑으로 모퉁

이를 돌고 돌고 돌았다 내게서 칼의 냄새가 날 때까지 못

난이 감자 같은 달이 뜨면 얼굴을 지우고 칼을 잡았다 서

격서걱 썰어놓은 하루의 그림자가 바구니 가득 지금 내가
할 수 있는 요리는 서늘한 그늘인데 당신이 입술을 빨며
그것을 먹을 수 있을까

카드 3, 활짝 젖힌 덧문, 혼자 짓는 눈웃음, 태양의 은박지를 까고 핥
은 글자들의 달콤함
　　얼굴이 가려운 원숭이처럼 긁었다

　　여드름을 짜고 화분에 물을 주었다

　　심심해지자 당신을 생각했다

　　몹쓸 사람

카드 4, 그릇들이 귓속에서 달그락거리는 소리, 이러지도 저러지도
　　문을 열 때마다 싱싱한 아스파라거스 같은 표정으로 당
신을 맞이했다
　　문을 열 때마다 가슴에서 피를 철철 흘리는 내가 울면
서 안겨왔다
　　생기 넘치는 풀냄새와 침묵하게 만드는 피냄새가 하얀
테이블 위에 올라왔다
　　빈 접시를 오래도록 쳐다보았다

눈이 그치자 우리는 서로의 찻잔에 더운물을 부어주었다

카드 5, 운명의 수레바퀴, 좋은 일 한 번 나쁜 일 한 번 도돌이표

　양동이를 든 채 맨발로 호숫가를 걸었다 백 년 동안 한 번도 얼지 않았고 새벽마다 수십 드럼의 물을 내주는 호수 당신의 편지를 종이배로 접어 보내려고 왔지 쓰윽쓰윽 물의 혀가 당신의 마음을 핥아줄 거야 발가락 사이로 파고드는 보드랍고 검은 흙 나른하구나 신비롭지만 더 깊이 빠지면 발목까지 축축해지지 아니 그보다 발바닥을 쩻을 부러진 나뭇조각을 밟겠지

　편지는 앞치마 속에 새근새근 접혀 있고 토끼들은 여전히 달리고 있었다 엎치락뒤치락

　흙은 검고 축축하고 살짝 향긋하구나 저 비린 물냄새만 없다면 좀더 집중할 수 있을 텐데 그러나 얌전하지 못한 손은 중얼중얼 머리를 비웃으며 벌써 젖은 흙을 쥐었다 망측해 붉어진 얼굴로 호숫가를 돌고 돌았다 검은 흙이 발톱에 잔뜩 끼었다 푸른 벨벳 나무들은 말이 없었다 처음 느끼는 두려움과 설렘 될 대로 되라지 양동이를 호수에 던졌다 오른쪽으로 고개를 눕히고 유유히 떠가는 양동이

무너지는 탑, 북쪽의 파란 방에서 서쪽의 붉은 방에서 튀어나오는 거짓 맹세, 뻐꾸기 울음

　괘종시계 두 개가 동시에 뎅뎅 3월 토끼들은 미쳤어 쥐어뜯은 털이 한 움큼씩 굴러다니고 있어 발로 걷어찰 수 있을 만큼 가볍고 확실한 존재 검은 타로들을 놓치고 당신은 펄펄 날리는 눈 속을 달렸다 나는 늑대의 이빨을 피하듯 새하얗게 김이 서린 창문을 소리나게 닫았다 찌그러진 검은 냄비가 바닥에 떨어졌다 뎅뎅 오지도 가지도 않는 시간들을 감당할 준비가 되었니 두 개의 추가 공중그네사처럼 왔다갔다하며 놀렸다 그리고 잽싸게 앞치마의 주머니 속으로 뛰어들었다 주머니 속 작은 시계가 지르는 비명 뱉어지지 않은 뒤죽박죽 말들이 목을 태웠다 양손으로 눈을 가렸다

　　　　　　　　*

눈이 내리자 우리는 서로의 찻잔에 더운물을 부어주었다

카드 7, 컵의 에이스, 씩씩한 바람의 주먹, 하얀 테이블보를 스파링 파트너 삼아

　앞발에 글러브를 낀 캥거루 같아 그만 깡총거리렴 조금, 아주 조금 쉬었다 가자

　라디오의 볼륨을 높이렴, 가까운 곳에서 고추를 굽나봐, 미소가 지어지는걸

카드 8, 잘못 열린 겨울의 문, 썩은 커피의 맛, 퉤퉤, 달

지구의 시간으로 천 년에 한 개씩 블랙홀이 생긴다고
한다

앞치마 속 시계를 꺼내었다

모든 것을 빨아들이는 무시무시한 사랑의 중력

그것은 어둡다

컵의 시종, 회색 눈동자의 묘함, 이상한 계절과의 어울림

우리 둘은 카드로 대화를 하고 누구도 믿지 않을 시간들

낮이 길어졌으나 여전히 이름 붙이기 어려운 계절

나는 그늘밖에 만들 수 없고 당신은 벙어리여서 음식투
정을 하지 않을 뿐

어제와 오늘과 내일이 뒤죽박죽

그러나 나름대로 익숙해진 계절

카드 10, 바보, 0

당신의 검은 셔츠 등판에 핑크색 별 패치를 드르륵 드
르륵 박아넣는 밤

흥미롭지만 조금은 부끄러운 감정

*

눈이…… 내렸다

불한당들의 모험 38-눈사람

당신은 나에게 눈을 달라 했다
나는 눈을 주었다
겨울이었다

당신은 나에게 입을 달라 했다
나는 입을 주었다
당신은 나에게 손을 달라 했다
나는 손을 주었다
겨울이었다

북풍이 썩썩한 주먹으로 구름을 잔뜩 뭉쳤고 눈사람들이
아주 많았다
그리고 당신은 당신의 발로 걸어갔다

눈이 없어지자
눈물이 안으로 흘러 고였다
입이 없어졌기 때문에 울음이 안으로 잠겼다
나는 아름다운이라는 말도 하지 못한 채
거울을 생각했다
심장은 똑딱똑딱

손이 없어진 내가
어떻게 거울을 열까

눈도 보이지 않는 내가
어떻게 거울을 볼까

눈이 내리고 있었다
눈이 내리고 있었다

하얀 눈은 토닥토닥 세상을 덮고
까만 밤의 지붕들을 덮고
당신의 발등을 덮고
어둠 속에서 혼자 녹았다가 밤새도록 꽝꽝 얼었다
밤새 아주아주 커다란 거울을 만들어주었다

나는 내 발로 걸어가 차갑고 비릿한 거울에 볼을 대었다
심장은 똑딱똑딱

울고 있는 눈사람들이 아주 많은 계절이었다

모자 좀 흔들어주세요
응원단장 바람씨
파도타기는 멋져요

이파리마다 빛나는 햇살 배지
그리고 길 끝에는 굿바이를 준비하는 당신이 있었다

덜 아문 어깨를 세우며 그림자가 말했다
또 전력투구를 하다니
부서진 몸을 너 혼자 기워야 하잖아

머리카락을 쓸면서 대답했다
하지만 그것이 야구에 대한 나의 견해야

그림자는 침묵했다
나는 그림자의 사인에 항상 절레절레
항상 패전투수

세련된 것도 아찔한 것도 아닌 그냥 나의 공

넓은 구름의 스탠드
좋은 햇살 검은 돌고래처럼 깊게 가라앉는 그림자를 토
닥토닥

나는 나의 사인을 던진다

우리의 마운드에 구원투수는 없어요
모자 좀 흔들어주세요
응원단장 바람씨

꿀벌이 숨을 옮겨야 우리가 사는 세상
관계에 의심은 필요하지 않아

볼의 실밥을 하나둘 꼭꼭 누르며
길 끝 당신을 기다리는 시원하고 맑은 가을 야구

불한당들의 모험 40

서늘한 눈길, 그런 표정을 갖게 했어
당신의 견고한 거짓말이 말이야

이제 당신의 거짓말을 수증기 보듯 쳐다볼 줄 알게 되었지
그런데
미안하게도
당신의 진실보다는 거짓말이 인상 깊었다

당신의 얼굴을 빤히 쳐다보면
얼버무리는 표정 위로 붉은 메시지가 도드라졌지

혀 밑에 어둠이 고이고
밤이 짧아서 꿈도 짧아진다면 억울할 거야
함부로 짓이겨진 야생장미의 쏩쓸한 냄새를 풍기는 이야
기들
어째서 똑같은 연대기를 당신의 눈에서 읽어야 하는 걸까

나의 이십대는 부끄럽게도
무지막지한 실수의 연대기
구름이 출발하는 바람공항의 시간표를 지킨 적이 없어
구름 사이로 민망한 나의 얼굴들이 수없이 걸려 있었지

당신이 지껄이는 거짓말을 들으며

—

—　허공의 표정 하나가 꿈틀대는 이야기를
아무렇지도 않은 표정에게 털어놓았다

나의 이십대는 부끄러운 연대기
어째서 똑같은 연대기를 당신의 눈에서 읽어야 하는 걸까

당신의 말들이 무럭무럭 쌓이는 동안
독한 말들을
손가락으로 닦아낼 유리창의 서리쯤으로 여길 줄 알게 됐
어
감수성 둔한 세상을 경멸할 줄도 알게 되었지

그리고
잔인해졌다

또박또박
나는 당신의 거짓말을 받아 기억한다
어디쯤에서 거짓말들이 스스로 멋쩍게 걸어가겠지

아마도, 그들이 걸어가는 뒷모습을
지금처럼 서늘한 눈길로 볼 수는 없을 거야

어느 집에나 문제 삼촌들이 있었지

—

다만 지금 나는 문제 삼촌이 되어버린 나의 연대기를 생
각한다

── 흉한 마음이 이마의 뿔이 되어 보기 싫게 자라고 있었다
　　　목소리를 들으면 귀를 씻고 싶어졌다가 마침내 음
　　식을 먹는 모습이 보기 싫어졌다 그래서 그릇을 깼
　　다 하얀 커튼은 바람을 타고 살랑였지

　부서진 의자와 탱자나무가 사는 뒤뜰의 밤은 검고 무더
웠다
　　　복제된 괴물들이 태어나기 적당할 만큼 의자 등반
　　이 하트 구멍은 쥐들의 놀이터 매일 밤 그날의 날
　　선 조각을 땅에 묻었다 북유럽 돼지들이 입속으로
　　들어오는 불쾌감 오독오독 피냄새를 씹었다 그때
　　내 눈동자는 또렷한 검정이었으리라

　허풍쟁이들도 이따금 진실을 말하곤 해
　　　하지만 그것은 그들이 허풍쟁이라는 것을 더욱 분
　　명하게 해줄 뿐 그따위 감수성으로는 한 뼘도 움
　　직일 수 없다 나를 사랑한 깊이만큼 너를 미워한다
　　나는 못난이 빵을 구웠지만 너는 위대한 레시피를
　　계속 읽어댔지 잊지 마 만들어지지 않은 빵을 먹을
　　수는 없어 장대저울로 너의 허풍을 달아 받아쓰기
　　밖에 할 줄 몰랐던 너에 대한 경멸로 침묵을 돌려
　　주마

하얀 커튼은 바람을 타고 살랑였다

　　부엌에 밀가루 대신 먼지가 앉기 시작하자 양철바
　　구니에 시든 꽃과 오렌지를 담아 식탁에 올렸다

거울 속 뿔이 너무 크게 보인 날

　　꼬리 긴 연과 털실이 주렁주렁 걸린 나무에 내 이름
　　을 써서 달았다 팽팽한 바람을 모르는 척 불타는 허
　　수아비를 세우고 수치심에 붉어진 얼굴을 검은 밤
　　에 묻고 질 나쁜 잉크 같은 증오는 나무를 활활 태
　　웠다 제대로 된 빵을 구울 줄 모르는 네가 아침에
　　읊을 레시피가 더이상 알고 싶지 않은 밤이었다 불
　　자락이 높아지자 바람이 더 높이 불어 연을 하늘로
　　돌려보냈다 괴성을 지르며 불빛에 일그러진 채 등
　　장한 너의 얼굴은 공포의 표정이었을까 공황의 표
　　정이었을까 나에 대한 재판은 그렇게 시작되었다

오래된 법전이 차분한 얼굴로 질문을 던졌다

　　왜 나무를 태웠는가 나는 침묵으로 순종했다 왜 뿔
　　을 달고 다니는가 잘못했다고 말하지 않았다 칠면
　　조처럼 먼지 덮인 빨강의 표정으로 야유를 보내며
　　이미 뻔뻔해진 마음이 갈고리가 되어 혀를 매달고
　　있었다 오래된 법전은 단정한 목소리로 사소한 방
　　화범인 나에게 뿔을 자르도록 판결을 내렸다 여전

히 증오스러운 너는 가짜 울음을 터뜨렸지 나는 미
소를 지었다 사소한 방화범이 아니었으므로 뿔을
잘라도 괜찮았다

이따금 조롱거리로 기억될 사건이었다

나는 나를 유배시켰다 타다 남은 털실로 뿔을 만들
어 단 채 호기심 어린 시선을 주렁주렁 꿰어서 하
고 싶지 않은 말들이 사는 땅으로 햇볕이 따뜻해지
면 새순이 나는 것은 확실하지만 어느 쪽 잎이 먼
저 나올지 알 수 없었다 법정의 낯선 냄새를 끝으
로 너의 목소리도 끝이었다 평온한 햇볕이 식탁에
마주앉았다 내 식탁에 앉을 수 없는 이의 목록이
하나 늘었다

나의 죄목은 관계의 방치였다

불한당들의 모험 42-Galaxy Express 999

한 뼘을 활짝 펼쳐 북쪽의 은하맵에 반원을 그리자
창을 열고 손을 내밀어봐 다시 사랑스러운 밤이 찾아왔
으니

느긋한 바람이 실어오는 태양과 흙과 붉은 벽돌의 뜨거움
그런 것들을 꿈꾸기도 하지만

지금은 별들의 아가미가 반짝거리는 시간
촉촉한 것들이 아름다운 시간

나는 어느 순간 슬픔의 무한궤도를 달리는 Galaxy Express
999를 탔다

싱그러운 스윙을 따라 3노트로 흐르는 별들의 플로어 위
에서
우리들은 환호를 날리며 소다수를 터트리며 미끄러진다
제각각의 이유 들쭉날쭉 시간을 가진 손과 뺨에 키스를
톡톡 혀끝에서 번지는 감정을 수줍은 별에게 수줍게

Galaxy Express 999 : 탑승객은 누구나 우윳빛 젤리덩어
리로 변신한다

내게 건네진 소다수 잔을 받아들며 우리는 모두 젤리 피시

그러자 운을 맞춘 밤이여 영원하라는 답인사 달콤하기
도 하지

　우리는 조금 가볍게 어깨를 들썩인다
　나른한 씁쓸함에 살짝 취한 채
　종착별의 태양과 맨살의 묵직함을 다시 입을 때까지
　그리고 우리는 침묵한다

　별들은 3노트의 속도로 흐르고
　밤에서 밤으로 건너가는 Galaxy Express 999

　슬픔은 그 자체로 고유한 질량을 갖기에 이곳의 우리는
동등하다

불한당들의 모험 43

다시, 스타세일러

당신과 나는 얼음판 위에서 만났지
얼음판 위에는 아름다운 별들이 온전히 내려앉아 있었다
우리는 별들 사이를 스치고 스치고 스치면서

당신은 당신의 스케이팅을
나는 나의 스케이팅을
서로를 돌고 도는 스케이팅을
안녕, 스윙걸
안녕, 아톰맨

날이 스칠 때마다
슬며시 얼음이 녹아내렸지
한 자리에서 그림자를 따라 맴을 돌면
느낄 수 있을 만큼 얼음이 물러졌어

봐, 봐,
쉬지 않고
우리들이 비비고 스치면서
만들어낸
가는 열기를

얼음판 두 개의 물방울이 우리를 미끄러지게 하지
남십자성 궤도로
그래 남십자성,
너의 중심에 별이 없어서 아름다워
운명의 긴급한 소환은 꼭꼭 숨겨두었구나

그런데 해빙기가 오고 있어
우리의 얼음판이 녹고 있어
별들이 일렁이고 있어

안녕, 스윙걸
안녕, 아톰맨

오래된 레코드판 위를 도는 바늘처럼
우리는 서로를 돌고 있지
죽음, 그런 것은 모른다는 천연덕스런 표정으로
멈추지 않을 것 같은 스윙재즈 같은 포즈로

서로를 맴돌던 두 은하가 충돌하면 블랙홀이 만들어진대
블랙홀은 주변 별들을 잡아먹지

오, 해빙기가 오고 있어

곧 검은 비가 내릴 거야
그러나 이 스케이팅이 사랑스러워 멈출 수가 없어
우리들의 발을 좀 봐
스케이트 신발하고 똑같이 생겼잖아
우리는 얼음판 위에서 스스로를 증명해

쌍둥이별은 얼음판에 새겨져 있으니
은하수의 나침반을 보았으니 만족해야겠지
하지만 조금만 더,
가라앉을지라도,
조금만 더,

우리가 얼음판에 쓴 글자들
완벽한 곡선과 흘림을 만들지 못해도 괜찮아
차갑고 따뜻한 너의 손을 잡고
안녕, 스윙걸
안녕, 아톰맨

불한당들의 모험 44-내 나이 백이십 살

비행기가 밤하늘을 건너가고 있었다
저건 홋카이도로 가는 비행기예요
당신은 순수하게 말했다
다정하고 시원한 여름밤이었다

나는 중얼거렸다
고통이 얼굴을 까맣게 만들어놓아도
또 고무줄처럼 주욱 늘어나는 숨줄
멀쩡한 머리만 있고 손에 미친 가위가 없다면
어디나 지옥이지

우리들 머리 위에 아름다운 별들의 지도
당신은 지옥을 빠져나와 영영 일곱 살을 얻었는데 나는 지
옥을 나오면서 뒤를 돌아보았다
그래서 순식간에 나이를 먹는다

별들 사이로 두번째 비행기가 지나갔다
당신은 탄성을 질렀다
맑고 잔잔한 바람이 그 사이를 지나갔다
이제 나는 백이십 살, 세상에 놀랄 일이 없어졌어
그래서 모든 게 싱싱하고 예뻐 보여

선물을 기다리는 아이 같은 당신이 있고

풀벌레가 하루치의 마지막 이야기를 조곤조곤
나는 당신의 어깨에 기댄 채 앉아 있었다
객실이 다 찼어요 붉은 등을 걸어놓은 것 같은 오늘밤의
별을 보며

자기 몫의 등을 켠 채 묵묵히 서 있는 집들의 깊고 등 시
린 침묵
그러나 우리는 등을 켜고 영원히 떠돌려고 한다
건너가고 건너옴이 존재 이유인 비행기처럼

한없는 허공에서 잠시 쉬었다 가는 짧은 여름밤이었다

불한당들의 모험 45

1-
글쎄,
유명해지기 위해
이렇게 태어난 건 아니잖아

등에 업힌 당신은 쪽쪽 손가락을 빨고
구름 캠핑카들이 줄지어 떠나고 있었다

기름이 떨어진 차를 맨손으로 미는 듯한 날이 이어졌는데
쇳덩어리의 둔중함에 어깨가 까였다
그렇게 밀어도 1cm 움직였을까

당신의 침으로 꾸덕꾸덕해진 내 어깨의 시간들

풀었다가 다시 짰다가 풀었다가 다시 짰다가
닳아지기만 원했던 내일이지만
그런 내일이 온다면
죽으면 그만이라는

말이 아무런 원망도 없이
쪽쪽쪽 손가락을 빨고 있는 당신의 입에서 나왔다
나는 당신의 코를 닦아주었다

함께 길을 떠나 먼저 꼬맹이로 돌아가는 당신이구나
우리가 가진 건 낡은 주전자 하나

2-
저길 봐요
우리는 언제 멈출지 모르는 트레일러를 타고
날품을 팔아 단단한 빵을 먹으며 왔지만
오다보니 이 거품 바닷가에 왔어요
해변에 널려 있는 커다란 거품을 좀 봐요
저걸 보기 위해 우린 태어났나봐요

그러나 당신은 어린 고양이처럼 잠들어가고
영영 깨지 않을 잠 속으로 한발 더 들어가고 있었다
바닷물이 찰싹거렸으나 거품은 터지지 않고 둥둥 떠다녔다
바람이 불면 가벼운 거품이 일제히 날렸다

나는 대답도 없이 아주아주 작아져버린 당신을 안고 거품
속으로 걸어갔다
맨발로 걸었다

지층의 조각들이 이곳까지 올라오는 동안
당신은 혼자서 여행자들의 땅으로 건너가버렸다
배낭을 남겨놓듯 무거운 몸을 놔둔 채

까매진 당신의 콧등을 시원한 바람이 톡톡 건드리고 갔다
나는 눈물이 뚝뚝 닿은 당신의 콧등을 닦아주었다
거품이 묻은 당신의 머리칼을 닦아주었다

오늘이 당신이 말한 날인지 몰랐어요
포도송이처럼 꼭 붙어서 깔깔거렸던 우리였어요
잘 가요
이렇게 무거워진 당신을 아직도 안고 갈 수 있을 것 같
은데
오늘이 당신이 말한 날인 줄 몰랐어요

미끄럽고 순한 거품이 맨발을 적셨다
오래오래 거품을 밟으며 걸었다

우리는 같은 시간을 살 수 없어서 고유하고 외롭다

까마귀가 반짝이는 거울을 모아가듯
시간의 기류를 타고
나는 두 발의 컴퍼스로 지도를 그려갔다
태양의 위도와 바람의 경도가 만나는 점이 내가 서 있는
곳이었지

그늘을 받아먹던 흰 벽에 누런 응달 자국이 앉을 무렵 지
도는 그려질 줄 알았어
자오선은 길게 펼쳐졌는데

당신이 여기 있어도 같은 시간을 살 수 없는 우리 사이에
희멀건 강이 눈부시게 흘렀다

강은 언제나 저만큼 웅크려 있다가 나의 다가섬만큼 모
양이 변했다
경계를 나누기 힘든 햇살처럼
강은 측량하기 곤란한 빈칸

우연 같은 위도와 필연 같은 경도가 내게서 만나는데
당신은
당신의 자오선을 따라 움직이고 있었지

—

—

　침착해서 서글픈 물결을 이기고
　돋보기로 모은 태양점처럼 희멀건 강을 분홍코끼리 한 마
리가 건너가길 바랐다

　당신과 내가 여기 있어서 그럴 수 없는 길고 깊은 강과 마
주섰다

　당신은 잠깐 고개를 들었고 나는 잠깐 걸음을 멈추었지
　비극의 첫 페이지가 무난하게 시작하듯
　무심한 강은 눈부시게 흘렀다
　탐 다오 탐 다오 코끼리의 이름을 작게 불렀다

—

주위를 느리게 흐르도록 만들었다 흐릿한 어둠은

하나 둘 백 세어본 횟수에 기대어 할 수 있는 말들이 달랐
다 흐릿한 어둠은

    지금까지 그렇게 체공 시간이 긴 홈런은 본 적이 없
었다
    점점 뻗어나가고,

    떨어져내리지도 않는다*

중얼거렸다 흐릿한 어둠에 기대어 내가 바란 관계는 그
런 것이었다

피가 검은 글자로 내려앉으면 불멸이라는 것을 알았던 당
신은 나의 심장을 검은 잉크로 채웠다

아주아주 긴 일식이 진행되는구나
어둡고 서늘한 당신의 그늘에 누웠다

    그가 그린 홈런볼의 궤적은 유일하면서도 아름다
웠다

—

  형상들이 비슷한 속도로 어둠에 스며들어 조금 더 어둠
이 무거워졌다

  침묵이 하나둘 숨소리에 깊이 새겨지고 마침내 존재들은
하얗게 떠오르듯

  유유히 떠가는 느리고 분명한 운동
  내가 바란 관계는 그런 것이었다

  * 다르빗슈 유의 인터뷰에서

—

*

  그곳에, 연어와 갈색 곰과 가볍고 낡은 비행기 한 대

누구와도 말을 하고 싶지 않았어
가만히,
바람과 나뭇잎의 대화를 듣고 싶었다

가끔 일몰별을 따라 북극으로 북극으로
개썰매를 끌고 사냥꾼들이 왔다갔는데
그러나 본디 곰들의 세상

집을 갖는다는 것은 특별한 경험이지
나의 유목지라는 증거니까
이곳의 집은 가벼워서
아름다워

장작불이 솟아올랐다
몸에 쓴 숲의 처음을 읽어주었다

  주유소에 기름을 채우는 경비행기들이 얌전하게 줄지어
있는 모습은 평화로웠다
  아름다운가 그렇지 않은가
  그것은 내게 평화로움을 가져다주는가 마는가의 문제였다

—   *

그곳은, 알코올과 슬픔의 삼투압이 잠시 멈추고 무럭무럭
눈이 쌓이고

그렇게 늙지도 않았으나 그렇게 어리지도 않았다
얼음 밑으로 물고기에게 길을 만들어주는 강이 내게 스
며들어왔다
나의 이동 속도는 느려졌고
먼 곳에서 물을 끓이는 당신을 천천히 상상할 줄 알게 되
었다

더이상 걸어갈 땅이 없는 이곳에서 나는 당신을 그렸다
당신은 삶이 멈춘다면
여기까지구나라고 한댔지
그 음절은 바람만큼이나 슬펐고 세상의 보풀을 느끼게
했다

부드러운 눈이 갈라터진 발자국을 덮어주었다
쓰라린 감미로움이 입술에 닿았다
해가 지지 않아도 아름다운 땅이 준 정직한 감정

산불이 쓸고 가도 어김없이 풀들이 자랐구나
칼을 꺼내 망가진 주전자 손잡이의 나사를 풀었다

여기까지 오는 동안
울퉁불퉁한 감정들도 구두 뒤축만큼 닳아졌다

*

그곳, 부드러운 눈이 단단한 결정을 만들었다

뿌리까지 투명한 태양을 찾아 나선 사냥꾼들의
대담한 모험은 진행중이다
거대한 빙하도 바다를 향해 전진한다

머물러 있는 것은 아무것도 없는 이곳

언젠가 나의 이동도 멈출 때가 오겠지만
그 땅이 궁금하지 않아
조금씩 걸어갈 뿐

하얀 벌판을 보며
기지개를 켰다

장작불이 잦아들도록 두었다
큰 사슴이 올지도 모르니까
언젠가 당신에게 이곳의 이야기를 들려주겠지

— 멀리 천둥소리를 내며 빙하가 물과 만나고 있었다

그녀, 바람구두를 신다

고봉준(문학평론가)

0. prologue

'그녀'가 있었다. 그녀에게는 '명랑한 모험' 이야기를 들려주는 몇 명의 '불한당 삼촌들'(「불한당들의 모험 1」[1])이 있었다. 삼촌들의 모험 이야기에 싫증이 난 그녀는 어느 날 자신이 직접 모험 이야기의 주인공이 되기로 결심, '바람구두'(「3」)와 '얼음외투'(「14」)로 무장하고 '집'을 나섰다. 모험, 아니 방랑이나 방황이라는 단어가 더 적합한. 그때 그녀의 나이가 얼마였는지는 알려지지 않았다. "아이도 아니고 어른도 아"닌, 눈부신 태양 아래에서 "울음을 터뜨리기엔 못마땅한 나이" 정도였다고 말해두자.(「1」) 그녀의 이름도 알려지지 않았다. 사람들은 그녀를 '콩'(「5」)이라고도 불렀고, '사랑에 미친 가님'(「6」)이라고도 불렀다. 그녀 자신이 이름을 밝히지 않았기 때문이다. 훗날 그녀는 이름을 밝힐 수 없었던 이유가 "이름이 떠도는 것을 보고 싶지 않아서"(「5」)였다고, 또한 "거울 속의 나는 그때그때 달라서 말하기 곤란했을 뿐"(「13」)이었다고 고백했다. 그녀에 따르면 "모험의 시작은 시시했다"(「1」) 그러나 이것은 그녀 특유의 과장이거나 반어일 뿐. 모험 과정에서 그녀는 "내 뜻대로 되지 않는 세계를 마주"(「7」)해야 했고, 자신이 하는 것을 "사랑이

---

1) 연작시의 형식을 띠고 있기 때문에 이후 시의 구절을 인용할 경우 제목 전체가 아니라 연작의 번호만 표기함.

라고 믿"(「6」)었다가 '당신'과의 이별을 경험해야 하기도 했다. 1인칭 복수형으로 시작되는 "당신과 나는 우리들만의"(「11」)라는 아름다운 문장이 "슬픈 사랑"(「12」)으로 마무리될 무렵, 그녀는 '모험'에서 돌아왔다. '모험'에서 돌아온 그녀가 이번에는 '어린 조카' 앞에서 자신의 '모험담'(「12」)을 들려준다. 오래전 '불한당 삼촌들'이 그녀 자신에게 했듯이. 그 모험담의 대략적인 내용은 이러하다. "누구나 드라마를 가지고 있어 자기만의 책을 펼치면 천 일을 읽기에 충분한 이야기들"(「12」) 이야기를 끝마친 그녀는 "다시 길을 나서기 위해"(「12」) '트렁크'를 열었다 닫는다.

1. 바람

운명의 항해키를 돌려 거침없이 험한 항로를 택한 것
도 나의 손
매번 슬프기만 한 항로를 택한 것도 나의 손
다들 말리지만 이해받기 위해 길을 떠나지 않았다
나침반을 보며 찡긋, 윙크,
　　　　　—「불한당들의 모험 12-시곗바늘처럼 한 바퀴
　　　　　　　　　돌아서 다시,」부분

모험과 방랑은 '바람구두'를 신은 이의 운명이다. 첫 시집

『검은 고양이 흰 개』에서 12편의 연작으로 첫 모험을 완성한 '그녀'가 두번째 시집 『불한당들의 모험』에서 다시 모험에 나선다. 첫 시집은 『이상한 나라의 앨리스』가, 두번째 시집은 『거울 나라의 앨리스』가 중요한 모티프이다. 곽은영의 시에서 '모험'은, 비록 '탈향-귀향'의 대서사시로 평가되는 오디세우스의 그것처럼 장대한 스케일은 아니지만, 삶의 형식으로 자리하고 있다. 그것은 "걸어가야 들려오는 이야기/ 쓰러지지 않기 위해 걸어가면/ 자박자박 발목을 적시며 저절로 써지는 이야기"(「15」)이다. 그러니까 문제는 '쓰러지지 않는 것'이다. 우리가 그녀의 '모험'을 방랑이라고 칭할 수 있는 까닭은 미리 정해진 길, 즉 지도가 없기 때문이다. 그녀에게는 오직 시시때때로 '방향'을 지시해주는 '나침반'이 있을 따름이다. 나침반이란 '길'이 아니라 '방향'의 세계이다. 하여, 그것은 "길이 시작되자 여행은 끝났다"라는 문장으로 루카치가 소설의 운명을 정의한 것과 유사하게 모험을 통해 자신의 고유한 본질을 발견해내려는 영혼의 이야기를 닮았다. 그러나 곽은영의 '모험'에서 본질은 선험적으로 주어진 목표와 같은 것이 아니기에 도달할 수 없고, 도달할 수 없기에 오직 방황만이 가능한, 끝나지 않는, 끝낼 수 없는 여행의 형식을 취한다. 어떻게 '달의 감정'과 '바람의 운명'을 언어로 말할 수 있단 말인가.

정착한 사람들의 집은 매우 견고했지만

집을 받치는 것은 기둥이 아니라 자신들의 어깨였다

머리가 하얗게 변한 당신은 파이프를 입에 물고 점잖게 말했다
이제 너도 어딘가에 머물러야만 한다
모였다가 흩어지는 새떼가 되기엔 넌 너무 무거워졌어
당신은 내가 어느새 트렁크를 쳐다보고 있음을 훤히 알았지

(……)
하지만 나는 정중하게 곧 떠나겠다고 답했다

정착한 사람들의 집을 받치는 것은 기둥이 아니라 자신들의 어깨였다
내 어깨가 받치고 있는 것은 지붕이 아니라 바람

나는 당신의 깃털 이불을 맑은 하늘 아래 잘 널어주었다
빨간 홍학 집게를 물리고 두드려주자 매일 밤 그를 태우고 가던 깃털들이
바스락거리며 바람을 타고 부풀어올랐다
나도 트렁크를 들었다

오늘밤에는 씩씩한 바람이 가져온 소식을 악몽 대신 만

나길 바래요
오늘밤에는 지붕 아래 펼쳤던 웃음들을 만나길 바래요
오늘밤에는 가슴속 야생동물 보호구역이 열리길 바래요
당신의 친절에 대한 마지막 인사였다
　　　　　　　　　　—「불한당들의 모험 23」부분

'모험'은 '집'의 문턱을 넘는 첫걸음으로 시작된다. '집'은
공간이 아니라 세계이고, 그런 한에서 '모험'은 익숙한 세계
와의 결별이다. '그녀'는 '집'을 나서기 위해 '트렁크'를 응
시하고, '당신'은 "이제 너도 어딘가에 머물러야만 한다".
"모였다가 흩어지는 새떼가 되기엔 넌 너무 무거워졌어"라
는 말로 막아선다. '유목적인 것'에 대한 '정착적인 것'의 이
회유는 '감성'에 대한 '이성'의 명령어이기도 하다. 그것은
때로 "이해하고 싶어라는 징그러운 거짓말의 덩굴"(「13」)로
변신하여 그녀의 신체를 휘감는다. 그럼에도 '그녀'는 '당신'
의 회유를 뿌리치고 '집'을 나선다. '바람구두'의 운명 때문
이다. 아니, "죽은 엄마"가 "달의 감정을 내 가슴에 달아주고
떠났"(「13」)기 때문이다. 그녀는 '달의 감정'에 사로잡혔고,
때문에 '달의 눈물'로 말할 수밖에 없다. 그러나 항상 "번쩍
번쩍한 태양을 머리통에 박고 살"아야 하는 '당신들'의 세
계에서 '눈물'은 결코 '언어'가 아니다. 설령 '언어 아닌 언
어'로 인정된다 할지라고 그것은 항상 '오해'된다. "태양의
빛이 너무 강렬하기"(「13」) 때문이다. 태양의 세계에서 '눈

물'은 '언어' 이전이거나, '언어'를 넘어서는 과잉된 것, 즉 '감정'의 이름이다. '태양'이 이성, 논리, 질서의 언어의 세계라면, '달'은 그것들로 설명될 수 없는 '감정'의 세계이다. '달의 감정'을 지닌 존재들에게 '태양'은 정오의 악마이다. 그 악마의 희생자라는 점에서 '그녀'는 우울의 신 사투르누스(Saturnus)에 복속된 토성의 존재, 멜랑콜리커(Melancholiker)이다. 언어와 감정의 필연적인 미끄러짐, '그녀'는 그것을 '이해'라는 거짓말로 봉합하려는 '당신들'의 세계에서 자신의 거처(topos)를 발견할 수 없어 긴 여행을 시작한다. '태양'의 세계는 '달'의 주권을 허락하지 않는다. 물론 이 떠남을 '뿌리치다'라는 동사로 표현하는 것은 과장이다. 차라리 "가위로 덩굴을 자르는 대신 쥐며느리처럼 몸을 말고 빠져나왔죠"(「13」)라는 표현이 적절하지 않을까.

「불한당들의 모험 23」에서 '바람구두'의 운명과 '달의 감정'은 '집/모험' '어깨/바람' 같은 새로운 대립항으로 변주된다. 자신을 향한 '당신'의 호의를 모르지 않지만, '그녀'는 '어깨'로 집을 받치고 있는 '정직한 사람들'의 집(세계)에서 자신이 끼어들 틈을 발견하지 못한다. 모든 것이 견고하게 질서 잡힌 '집'의 세계, "잘 만들어진 틀니"처럼 한 치의 어긋남도 허락하지 않는 코스모스(cosmos)의 세계야말로 '바람'의 운명을 부여받은 '그녀'가 수락할 수 없는 세계이다. 하여, '그녀'는 '당신'의 친절에 "마지막 인사"로 답례하고 조용히 집을 나선다. '당신'이 꿈속에서라도 "바람이 가져

온 소식" "웃음들" "가슴속 야생동물 보호구역" 같은 카니
발적 세계를 경험하기를…… '그녀'는 정오의 악마가 몰수
해버린 것들의 희미한 존재를 상기시키는 것으로 인사를 대
신한다. 여기에서 우리는 곽은영의 시에서 '모험'이 감정의
우발성을 부정하는 질서의 세계, 카니발적 웃음을 거부하
는 로고스의 견고함으로부터 벗어나려는 클리나멘(Clina-
men)의 일종임을 알 수 있다. 고대 철학자 에피쿠로스는 세
계가 허공(무)과 원자(존재)로 구성되어 있다는 가설에서
출발하여 현재의 세계를 설명했다. 에피쿠로스의 세계는 무
수한 원자들이 허공 속으로 평행하게 떨어지는 직선적인 낙
하운동의 세계였다. 그러다가 원자 하나가 미세하게 기울어
다른 원자와 부딪히고, 이 우연한 마주침이 또다른 마주침
을 유발하여 하나의 세계가 생긴다. '클리나멘'은 이처럼 중
력법칙에 반(反)하는 물체의 '원자 이탈'을 뜻하는 고대 유
물론자들의 개념인데, '견고함/집/질서'를 거부하고 '모험/
바람'을 긍정하는 '그녀'의 선택 또한 카오스적인 세계의 생
성을 지향한다는 점에서 '클리나멘'과 유사하다.

2. 달

'집'을 떠난 그녀가 경험한 세계들의 모습은 어떠할까? 잠
시 '그녀'의 뒤를 따라가보자. 「불한당들의 모험 13-나의 달

은 매일 운다」에서 '그녀'는 그 세계를 '이곳'이라고 지칭한다. '이곳'은 "일 년 내내 비가 내리는 땅/ 귀를 씻고 이곳에 왔어요 구두를 벗고 맨발로 왔어요/ 낯선 언어들이 음악처럼 들리는 곳"이다. '언어'가 '언어'이기를 그치고 '음악'이 되는 '이곳', 그 하나의 모델이 동화의 세계이다. 곽은영의 시에서 동화적 상상력은 현실원칙의 중력이 작동하지 않는 세계를 의미한다. 물론, "이곳의 언어가 하나둘 글자로 굳어지자 오해도 큼지막하게 쌓여/ 대문을 틀어막았네요 이제 나는 눈물이 되어 흘러나갈까요"(「13」)처럼 '이곳' 역시 '오해'의 위험에서 자유롭지 않다. 다시, '그녀'의 발길은 "얼음마녀의 땅"(「14」)과 "쳐다만 보아도 무서웠던 동굴"(「20」)을 지난다. 곽은영의 시에서 '집'의 바깥은 대개 '얼음'의 세계로 형상화된다. '얼음마녀'와 '얼음폭풍'과 '얼음외투의 겨울'이 반복되는 세계, 그곳에서 '그녀'는 "명랑하고 따뜻한 꿈이 사라진 겨울"(「14」)을 걷는다. 그런데 온통 얼음으로 뒤덮인 얼음나라를 더욱 두껍고 단단하게 만드는 것은 '여인들의 눈물'이다. "얼음나라를 두텁게 만드는 것은 오래전부터 흘린 여인들의 눈물/ 아득한 깊이의 바다에서는 그래서 짠 냄새가 난다"(「24」) 이 지점에서 '해/달' '이성/감정'의 이항대립은 여성적 계보와 연결된다.

우리는 같은 시간을 살 수 없어서 고유하고 외롭다

까마귀가 반짝이는 거울을 모아가듯
시간의 기류를 타고
나는 두 발의 컴퍼스로 지도를 그려갔다
태양의 위도와 바람의 경도가 만나는 점이 내가 서 있
는 곳이었지

그늘을 받아먹던 흰 벽에 누런 응달 자국이 앉을 무렵
지도는 그려질 줄 알았어
자오선은 길게 펼쳐졌는데

당신이 여기 있어도 같은 시간을 살 수 없는 우리 사이
에 희멀건 강이 눈부시게 흘렀다

강은 언제나 저만큼 웅크려 있다가 나의 다가섬만큼 모
양이 변했다
경계를 나누기 힘든 햇살처럼
강은 측량하기 곤란한 빈칸

우연 같은 위도와 필연 같은 경도가 내게서 만나는데
당신은
당신의 자오선을 따라 움직이고 있었지
                    —「불한당들의 모험 46」부분

112

정오의 악마인 '태양'이 지배하는 세계에서 시간과 공간은 불변하는 절대적 상수이지만, '달의 감정'이 지배하는 세계에서 그것들의 권위는 통용되지 않는다. 감정이란 그처럼 유동적일 수밖에 없다. '태양'의 세계가 '이성'의 '보는 세계'라면, '달'의 세계는 '감정'의 '우는 세계'이다. 곽은영의 시에서 '눈'은 보기 위한 것이 아니라 울고 눈물을 흘리기 위한 것이다. 물의 장막이 눈을 뒤덮어 타자에로의 시선을 가로막음으로써 오직 '나'에 대해서만 진실할 수 있는 눈물 기계로서의 눈. "눈이 없어지자/ 눈물이 안으로 흘러 고였다/ 입이 없어졌기 때문에 울음이 안으로 잠겼다"(「38」) 이처럼 시간과 공간이 변수가 되는 곳에서 각자의 생의 시계는 다른 속도로 움직이고 공간의 부피는 시시때때로 수축/팽창한다. 앨리스의 '거울 나라'에서 시간이 거꾸로 흐르는 것을 상상해보라. 어쩌면 우리가 외로움에서 벗어날 수 없는 까닭도 '같은 시간'을 살 수 없기 때문은 아닐까. '나'는 "태양의 위도와 바람의 경도가 만나는 점" 위에 서 있다. 물론 '당신'도 '나'와 동일한 '여기'에 있다. 그렇다면 우리는 동일한 세계에 함께 머무르고 있는 것일까? 화자는 "같은 시간을 살 수 없는 우리" 사이에 희멀건 시간의 강이 흐르고 있다고 말한다. 여기에서 '강'은 "~모양이 변했다" "경계를 나누기 힘든" "측량하기 곤란한" 같은 구절들이 설명하듯이 측정이 불가능하고 경계의 구분이 모호한 유동적인 대상이다. 하여, 그 '강'을 배경으로 '나'는 "우연 같은 위도와 필연 같은 경도"에 위치하고, '당신'은 "당신의 자오선을 따라"고유한 운동을 한다. 마치 「불한당들의 모험 44-내 나이 백이십 살」에서 '당신'이 지옥을 빠져나와 '영영 일곱 살'을 얻는 순간, '나'가 '백이십 살'이 되고, 「불한당들의 모험 45」에서 '나'가 "함께 길을 떠나 먼저 꼬맹이로 돌아가는 당신"을 안고 맨발로 걸어야 했듯이. 또는 "당신은 당신의 스케이팅을/ 나는 나의 스케이팅을/ 서로를 돌고 도는 스케이팅을"(「43」) 계속할 수밖에 없듯이. 우리는 고독과 외로움을 피할 수 없으며, 그것들이 있음으로써 '고유'한 존재로 살아간다. 그리고 우리들 각자의 고독, 슬픔, 외로움 등은 고유하기 때문에 측정할 수 없고, 측정할 수 없기에 동등하다. "슬픔은 그 자체로 고유한 질량을 갖기에 이곳의 우리는 동등하다"(「42」) 동등함의 세계에서 우리는 비록 외롭고 슬픈 존재로 힘겹게 살아가지만, 각자의 무게는 똑같이 무겁고, 생의 시간이 만들어내는 곡선들은 똑같이 아름답다. 이처럼 곽은영의 시에서 '우리'라는 복수형은 고유하기 때문에 동등하고, 완전히 소통할 수 없기 때문에 스쳐지나감이 유일한 관계의 형식이다. 그것은 불가능한 공동체의 이름이다.

3. 얼굴

나의 가방에는

웃는 얼굴이 가득
나는 항상 얼굴을 쓰고 있다
나는 얼굴이 아주 많아서
당신들이 쓰고 있는 얼굴을 볼 때마다 어느 밤 어느 낮
에 만들었는지 눈물실로 찢어진 근육들을 어떻게 이어붙
였는지
빤히 쳐다볼 때가 많다

얼굴의 역사는 단순하다
우리가 선택한 표정의 취향을 존중하고
그리고 역시 수치스러운 이야기가 얼굴을 만들었다는
것을 이해하면서
나의 얼굴은 웃고 있다

이따금
그러니까 계절의 별자리를 따라 룰렛을 돌리는 당신일
때 내가 몰래 손바닥에 써오던 글자를 먼저 읽어내는 당
신일 때
나도 얼굴을 내려놓는다

얼굴을 하나 내려놓는다
부끄럽게도
얼굴을 벗은 내 얼굴도 웃고 있었기 때문에

당신이 만든 머쓱한 침묵의 얼굴이 등장하리란 것을 알지만
얼굴을 내려놓는다

얼굴의 역사는 단순하다
밤을 알게 되는 아이가 저 혼자 맨 처음 배우는 것은
얼굴을 만드는 법
최후의 얼굴이 무엇이 될지 절대로 알지 못한 채 아무에게도 보여주지 않는 얼굴 하나를 시작으로
수백만 개의 얼굴들이 저마다의 시간에 차곡차곡 걸려 있고
저마다의 기술로 순식간에 등장했다가 사라져왔다

얼굴의 역사는 단순하다
질기고 튼튼한 시간의 틀에 기대 우리들 관계의 무늬를 새겨넣는 것이다
애매한 웃음과 그만큼의 거리에 감돌던 불편한 공기 모자로 절망을 가린 채 어둠 속으로 스며들던 그림자의 비겁함
우리 대신 침묵이 질렀던 비명을 새기는 것이다
　　　　　　　　　—「불한당들의 모험 33-얼굴의 역사」 전문

'얼굴'은 '탈(persona)'과 '가면(mask)' 같은 것인지도 모른다. '가방'에 넣어 보관할 수도 있고, 필요할 때마다 쓸 수도 있기 때문이다. 그렇지만 심리학자들이 페르소나(Persona)와 에고(ego)를 구별할 때의 그 페르소나와는 다른 무엇이다. 연극배우들이 쓰는 '탈'을 가리키는 말이었던 페르소나는 점차 사회적 자아를 뜻하는 '가면'으로 전용되었고, 사람들은 그 가면의 이면에 존재하는 맨얼굴을 '에고'라고 불렀다. 융은 '가면'을 정신의 겉면이라고 명명하지 않았는가. 그러나 곽은영의 시에서 '얼굴'은 '에고'와 같은 본질을 전제하지 않는다. 얼굴을 벗는다는 것은 항상 또다른 얼굴을 쓴다는 것을 뜻한다. 그래서 그것은 신체의 일부인 '머리'와 구별되는 '표정'에 가깝다. 신체기관인 '머리'와 달리 신체의 표면인 '얼굴'은 자신을 바라보는 시선에 대해 자신을 표현하는 '기호'의 일종이며, 그런 한에서 '얼굴'은 '표정'을 갖게 될 때 탄생한다. 그런데 '얼굴'을 '기호'로 본다는 것은 얼굴이 만드는 표정, 얼굴에 새겨지는 표정이 감정의 자연스러운 발현이 아니라 무의식적으로 계산되고 조직된, 즉 일정한 효과를 겨냥하여 만들어지는 '기호'라는 의미이다. 이 경우 '얼굴'은 표현형식으로서의 언어와 짝을 이루어 명령어를 전달하는 방식으로 기능한다. 가령 아이에게 화를 내는 엄마의 얼굴/표정이 그렇다. 그런데 '얼굴/표정'이 '기호/명령어'의 기능을 담당하기 위해서는 최소한 그것을 바라보는 타자의 시선이 있어야 한다. 즉 얼굴/표정은 타인을 향해 방사될 때에만 명령어의 기능을 수행한다. 그런데 곽은영의 시에서 '얼굴/표정'은 타인의 시선이 아니라 '나'의 시선과 관계한다. 그녀의 시편들에서 '타자'의 자리에 위치하고 있는 것은 항상 '나'의 시선이다. 그리고 '거울' '얼음' '물' 같은 반사장치가 이러한 시선의 모놀로그를 가능하게 만든다. 하여, '거울 나라'에서 그녀가 '나'의 얼굴을 볼 때, 그것은 "그녀도 내 얼굴에서 자기 나이만큼 늙은 나를 보았을 것이다"(「17」)처럼 '나'의 얼굴/표정은 '그녀'와 '나'의 시선이 겹치는 곳에서 떠오른다. 또한 「불한당들의 모험 15」에서 '얼굴들'이 빗물을 타고 흘러갈 때, 그리하여 '나'가 "침묵과 슬픔"으로 흘러가는 물속에서 "우리들의 얼굴"을 발견할 때, 그것은 '거울'을 마주한 '거울 나라'의 '그녀'의 시선처럼 독백적이다.

한편 인용시에서 '나'와 '당신들'은 모두 '얼굴'을 쓰고 있다. 이 시에선 예외적으로 타자의 시선이 개입하고 있다. 그러나 이 경우에도 '얼굴/표정'은 좀체 명령의 기능을 수행하지 않는다. '나'에게는 아직 여분의 얼굴이 많다. '나'는 당신의 얼굴을 볼 때마다 그것이 어떻게 만들어졌는가에 대해 궁금해한다. 그런데 다음 순간 '얼굴'에 대한 '나'의 관심은 '명령'이 아니라 감정에 의해 표정이 만들어지는 과정에 집중된다. '나'에 따르면 '얼굴'은 "우리가 선택한 표정의 취향을 존중"할 때, "수치스러운 이야기"를 듣거나 말할 때 만들어진다는 주장이 그것이다. 그리고 "내가 몰래 손바닥에 써오던 글자"를 당신이 먼저 읽었을 때, '나'는 쓰고 있던 얼굴을 내려놓고 다른 얼굴을 쓴다. '얼굴/표정'은 '감정/정념'과 연결되어 있기에 단순하다. 물론, 공동체의 일원으로서 우리는 자신에게 주어진 사회적 위치에 적합한 얼굴/탈을 시시때때로 바꿔 쓰며 살아가지만, 현실법칙의 힘이 미치지 않는 '달'의 세계에서 '얼굴'은 단순할 정도로 직접적이다. "밤을 알게 되는 아이가 저 혼자 맨 처음 배우는 것은/ 얼굴을 만드는 법"이다.

4. 열려진 시간

'태양'의 나라에서 시간은 "돌이킬 수 없는 것"(「14」)이지만, '달'의 세계에서 시간은 감정에 따라 재구성된다. 가령 곽은영의 시에서 '겨울'이라는 계절은 '집' 바깥의 세계를 표상하는 '겨울/얼음'과 마찬가지로 타인에게 이해될 수 없는 감정을 간직하고 살아가는 존재들의 내면이라는 의미를 함축하고 있다. 때문에 "온순한 바람이 불고 꽃이 입을 열었지만 나는 여전히 등이 시린 겨울 속에서 산다" "온순한 바람이 불고 꽃이 입을 열었지만 나는 명랑하고 따뜻한 꿈이 사라진 겨울을 걸어간다"(「14」) "별자리가 바뀌고 새들도 돌아오고/ 잎사귀도 다시 피었는데/ 오늘 나는 아직도 겨울을 걷는 중이야"(「31」)처럼 물리적인 계절의 변화를 거부하는 시간 인식이 가능해진다. 이러한 시간의 불연속성을 지배하는 것이 "비극과 슬픔은 시간의 밥"(「21」)이라는 진술이다. 철학자 데리다는 '햄릿'의 대사("The time is out of joint")를 이용하여 현재를 시간이 이음새에서 풀린 시대라고 말했는데, 곽은영의 시에선 달, 슬픔, 비극 같은 "울퉁불퉁한 감정들"(「48」)이 그 역할을 대신하고 있다. 비극과 슬픔에 잠겨 있는 세계의 시간은 때로 현실의 중력을 거슬러 진행된다. '삶'과 '죽음'의 경계를 넘어서.

열렸다
우리들의 나라가
일 년을 기다려온 우리들의 나라가

(……)

아침부터 알록달록한 모자를 쓰고 예쁜 꽃을 들고 노란 등을 달고
주먹밥을 나르고 솜사탕을 나르고
이야기 방망이를 선물하고 해골빵을 선물하고
쭈글쭈글 세포들이 모두 자리에서 일어나 환호성을 울리며 만세를 부르고
아침부터 죽지 않은 자와 죽은 자들이 한자리에 모여
줄다리기를 하고 자전거를 타고 낮잠을 자고

열려진 시간이 똑딱똑딱 굴러가고

살며시 서로를 쓰다듬는
말이 없어도 아름다운 현재
나란히 팔을 베고 누운 우리들은 하늘을 보다가
서로의 콧잔등을 물끄러미 보았지
　　　　　―「불한당들의 모험 30-오늘 하루 죽은 자들의
　　　　　　　　　　　　　　　　　　　나라가」 부분

　"달이 아주 작고 하얗게"(「30」) 뜬 '달'의 시간을 배경으
로 하나의 '세계'가 열린다. 그 세계를 "우리들의 나라"라
고 말해두자. 그 '나라'는 '태양'의 지도에는 존재하지 않는
곳이기에 '풍선' '빗자루' '고래' '버스' '비행기' 같은 동화
적 수단을 이용해서만 들어갈 수 있다. 삶과 죽음을 나누는
현실의 장막이 사라진 "열려진 시간", 그곳에서 "죽지 않은
자와 죽은 자들이 한자리에 모여" 줄다리기를 하고, 자전거
를 타고, 낮잠을 잔다. 곽은영의 시에는 이처럼 시간의 이
음매가 탈구된 "열려진 시간"들이 자주 등장하는데, 동화적
상상력이 양각되는 순간들이 특히 그러하다. 가령 「불한당
들의 모험 42-Galaxy express 999」에서 화자는 슬픔의 궤도
를 달리는 'Galaxy express 999'를 타고 별들의 아가미가 반
짝이는, 촉촉한 것들이 아름다운 시간 속으로 날아간다. "지
금은 별들의 아가미가 반짝거리는 시간/ 촉촉한 것들이 아

름다운 시간// 나는 어느 순간 슬픔의 무한궤도를 달리는 Galaxy express 999를 탔다". 그리고 「불한당들의 모험 47」에서 타자가 친 타구는 "체공 시간이 긴 홈런"이 되어 "유유히 떠가는 느리고 분명한 운동"으로 날아간다. 여기에선 "흐릿한 어둠"이 '달'을 대신해서 시간(운동)의 느린 진행을 돕는다. 누군가는 묻고 싶을 것이다. 현실에서 이런 것들이 가능하냐고. 그러면 시인이 대답할 것이다. "오래된 낭만이 우리를 이곳에 서게 했다"(「34」)라고. 「불한당들의 모험 34-오래된 낭만」에서 시인은 "열려진 시간" 속에서 발생하는 풍경들을 '몽상'이라고 명명한다. "우리는 몽상가들의 거리를 만들고 싶었다/ 멍청한 시계에 굴복하지 않았고 떠들썩한 혁명을 꿈꾸지도 않았다/ 작고 작은 몽상가들의 거리를 만들고 싶었을 뿐이었다"(「34」) 여기에서 '몽상'은 "멍청한 시계"에 굴복하지 않는 것이다. 시계가 표상하는 시간이 "돌이킬 수 없는 것"이라는 믿음에 굴하지 않아야만 '몽상'은 가능하다는 것이다. 시인은 '몽상'을 통해서 '혁명'이 아니라 "작은 몽상가들의 거리"를 말한다. 이 시는 "몽상가들의 거리, 그곳에서 시선이 닿는 곳까지의 세상은/ 우리들의 집이었다"라는 진술로 끝난다. 그렇다면 '그녀'의 '모험'이 겨냥하는 것은 '집'이 아니라 '몽상'이고, '달의 감정'이 '비(非)존재'로 인식되는 '태양'의 나라에 위치한 집인 셈이다. 시인은 이 "몽상가들의 거리"에 세워진 집의 문패에 "침묵의 집"이라는 글씨를 새긴다.

"몽상가들의 거리"에서 '침묵'은 훌륭한 교감 수단으로
기능한다. 그것은 '태양'의 세계에서 '언어'가 수행하는 역
할과 유사하다. '태양'의 세계에서 '감정'은 '오해'로 귀결되
거나 '이해'라는 "징그러운 거짓말"의 먹잇감이 되고 말지
만, '달'의 세계에서 '침묵'은 말-없음의 말, 말-아닌 말로
훌륭하게 기능한다. 감정의 세계에서 중요한 것은 소리가
아니라 침묵을 통한 공감이니까. 이렇게 생각해보면 이 시
집에는 꽤 많은 침묵이 등장한다. 「불한당들의 모험 30-오
늘 하루 죽은 자들의 나라가」에서 나란히 팔을 베고 누운 죽
지 않은 자와 죽은 자는 "말이 없어도 아름다운 현재"를 만
끽하며, 「불한당들의 모험 47」의 화자 역시 "침묵이 하나둘
숨소리에 깊이 새겨지고 마침내 존재들은 하얗게 떠오르"
는 것이 "내가 바란 관계"라고 고백한다. 그리고 「불한당들
의 모험 45」에서 '나'는 '당신'에게 대답하는 대신 "대답도
없이 아주아주 작아져버린 당신을 안고 거품 속으로 걸어"
가고, 「불한당들의 모험 43」에서 '나'와 '당신'은 침묵 속에
서 서로를 돌고 도는 스케이팅을 연출한다. 이 말-없음의 관
계 속에서 형성되는 '나'와 '당신'의 관계, 아니 '우리'의 관
계를 침묵의 공동체라고 불러도 좋겠다. "우리 둘 사이에/
흐르는 밤이 하나/ 침묵이 둘"(「35」)

5. epilogue_'아직도 정착이란 단어를 몰라서'

뿌리까지 투명한 태양을 찾아 나선 사냥꾼들의
대담한 모험은 진행중이다
거대한 빙하도 바다를 향해 전진한다

머물러 있는 것은 아무것도 없는 이곳

언젠가 나의 이동도 멈출 때가 오겠지만
그 땅이 궁금하지 않아
조금씩 걸어갈 뿐
—「불한당들의 모험 48」 부분

"아직도 정착이란 단어를 몰라서", 이것은 「시인의 말」에
등장하는 문장이다. 모든 서문은 모험담과 같은 운명이다.
그것들은 가장 나중에 완성된다. 그러므로 서문을 쓴다는
것은 하나의 '모험'이 끝났다는 의미이다. 그런데 그렇다면
긴 모험에서 돌아온 '그녀'가 이제 '바람구두'를 벗고 태양
이 번쩍이는 곳에 '집'을 마련할까? 우리는 그렇지 않을 것
임을 쉽게 짐작할 수 있다. '태양'의 나라에서 변한 것은 아
무것도 없고, '달의 감정'에 지배되는 그녀의 운명 역시 바
뀌지 않았다. 그러니 "아직도 정착이란 단어를 몰라서"라는
문장은 '달'의 문법에 따르면 트렁크를 들고 다시 '집'을 나

서겠다는 의미일 것이다. 언젠가 그녀는 '거울' 속에서 여전히 "울고 있는 나의 달"(「13」)을 목격할 것이고, 벗어두었던 바람구두를 꺼내 신을 것이며, 트렁크를 준비할 것이다. 어디를 향해서? 정해진 '길'이 없으니 '그 땅'이 궁금하지 않고, '나침반'이 있으니 조금씩 걸어갈 수 있을 것이다.

곽은영 PC가 없던 시절을 아는 마지막 세대다. 동아일보 신춘문예로 등단했다. 『검은 고양이 흰 개』라는 시집을 냈다. 견디다보니 시간이 지났다. 보고 싶은 이가 많지만 그들 중 벌써 절반이 죽었을 만큼. 스스로 행복해지기 위해 쓴다.

─ 문학동네시인선 031
불한당들의 모험
ⓒ 곽은영 2012

─ 1판 1쇄 2012년 11월 20일
1판 10쇄 2025년 6월 12일

지은이 | 곽은영
책임편집 | 강윤정
편집 | 김민정 김필균 김형균
디자인 | 수류산방(樹流山房) 본문 디자인 | 유현아
저작권 | 박지영 형소진 오서영 조경은
마케팅 | 정민호 서지화 한민아 이민경 왕지경 정유진 정경주 김수인 김혜원
        김예진 나현후 이서진
브랜딩 | 함유지 박민재 이송이 김희숙 박다솔 조다현 김하연 이준희
제작 | 강신은 김동욱 이순호
제작처 | 영신사

펴낸곳 | (주)문학동네
펴낸이 | 김소영
출판등록 | 1993년 10월 22일 제2003-000045호
주소 | 10881 경기도 파주시 회동길 210
전자우편 | editor@munhak.com
대표전화 | 031) 955-8888 팩스 | 031) 955-8855
문학동네카페 | http://cafe.naver.com/mhdn
인스타그램 | @munhakdongne 트위터 | @munhakdongne
북클럽문학동네 | http://bookclubmunhak.com

ISBN 978-89-546-1946-2 03810

www.munhak.com

문학동네